列那————史上最舌粲蓮花的狡猾紅毛狐

REINAART DE VOS

DE FELLE MET DE RODE BAARD

列那狐

HENRI VAN DAELE

KLAAS VERPLANCKE

黃鼠狼給列那狐拜年
──各安各的壞心腸

導讀│林則良 （詩人、小說家）

列那誠懇地說：「……這個世界的人彼此欺騙，其中最高明的騙徒就在朝廷裡！不會說謊、不懂得阿諛諂媚的人是當不了國王的寵臣的。說實話並不難，但事實通常很無趣。謊言能吸引人，而且通常比較動聽。……或許國王是唯一一個可以隨時隨地說實話的人。可是你要如何變成國王，何林貝特？」

「我不知道。」何林貝特說，他覺得談話的內容太過沉重了。

「通往王位的路是用謊言鋪成的，」列那說：「我很確定。」

──《列那狐》

「哎，」老鼠說：「整個世界一天比一天萎縮變小。起初它大到讓我畏懼，我跑呀跑呀跑的，當我看見不遠處左右有牆我還開心得很，但這些長長的牆面立刻變得狹窄，以致於我落在這小小的房間裡，沒辦法我只得撞進屋腳的陷阱裡。」

「你換個方向就不會了。」貓說完便將牠吃進肚子裡。

──卡夫卡，〈小小寓言〉

「惡德」傳統的極致展現

列那是一頭有著紅鬍子的狐狸，他淫「狼」妻子，戕害弱肉，能吃的都騙來吃，不能吃的都騙來戲耍、提供娛樂（「別人的失敗就是我的快樂啦，哈哈哈！」── 把黑的講成白的，黑白「狐」君），死到臨頭「貓哭耗子」裝

嚴肅懺悔，上絞刑架舌粲蓮花，誇先父之德，以黃金誘惑獅子王諾伯爾，更以死無對證、滿口雌黃來賴罪，最後深受君王寵幸，其狡猾被視爲聰明才智一舉榮登全國皇室公關。

這樣一隻以惡德爬上鳳凰枝頭（遂取而代之）的狡狐，以法文命名：《列那狐小說》（Roman de Renart），在中世紀從阿爾薩斯－洛林（Alsace-Lorraine）這個幾世紀以來被德國法國畫過來畫過去的地區，擴張到法國然後歐洲陸地，竟最終成爲法國最受歡迎的精神領袖？這是將法國的「惡德」傳統推上極致？或者是對法外之徒的「必須犯罪」，是進行哲學辯證的最佳「似非而是，似是而非」（paradox）？

「人性」和「野性」的歷史交纏

讓我們先倒帶，回到「很久很久以前」，那些狐狸就只是（或只叫）狐狸，狼就只是（或只叫）狼的年代，亦即我們的「後搖籃時期」。我們（一群「小野獸」）就隨著這些會講人話的動物，一起被「馴養」成人，像是「吃不到葡萄說葡萄酸」的狐狸；爲誰跑最快而爭吵的烏龜和兔子；老是喊狼來的放羊的小孩（古希臘《伊索寓言》）。一隻被百獸之王嘲笑的牛虻卻叮得牠盛怒又抓又咬自己，因而遍體鱗傷；兩度瞎眼掉進兩戶黃鼠狼家，一說自己是「老鼠」，一說自己是「鳥」，因而倖免於被吞下肚的蝙蝠（法國《拉封登寓言》）；或者童謠「我揹著我的房子走路／我揹著我的房子爬樹。」（楊喚，〈蝸牛〉）。

等到大了，動物不必再說人話（成爲暗號和隱喻），警世哲理依舊隨處可見：「螳螂捕蟬，黃雀在後。」（《說苑》）；「飛鳥盡，良弓藏；狡兔死，走狗烹。」（《史

記‧世家》）。動物如影隨形，其「狗」活的警世之道，在指桑罵槐的表面玩笑裡，成為道德和「天地不仁，以萬物為芻狗」之間，彼此相互拉扯的「一命懸絲」。因而在動物寓言裡，「擬人」在天平兩端的律法和本性間溜滑，讓道德懸而未決。

「有腦袋就保得住腦袋」的小聰明

　　這些動物寓言全有著相當鮮明而幾乎一致的個別性（簡直可以直接置換成各國的字母或者注音「狐」號）：貓必然生性多疑；狼必然常餓肚子、呆又貪婪；羊必然溫馴；雞必然生一窩；獅子必然是王；而狐狸必然狡猾……但讓《列那狐》推到最極致的，除了它常以鄰近國家語言所命名的動物、近親和遠親脫離科屬種的動物血緣，以及常開的地理距離玩笑之外，它更接近中世紀「黑暗世界」庶民的風俗奇譚，宛如套了動物外衣的《十日譚》、《坎特伯里故事》（或晚清的《二十年目睹之怪現象》）——相對於人的世界、進而諧仿於人的「化外」（異地），對昏瞶的封建君王，對教會神學，對人云亦云、見風轉舵的一般無知市井小民，進行指桑罵槐、厚黑學式的嘲謔以及善惡的滲透換血。這些也將《列那狐》對生命的不確定性、倫理的曖昧，以及「有腦袋就保得住腦袋」的小聰明，全推到一個極致。

　　列那這徹底的惡棍最終雙贏，成為英雄。生命虛無，活著是殘酷劇場裡打著「狐」光燈歡喜跳舞的一場馬戲團：善惡走鋼索；血腥泛著田園風光；「倒錯」反正；皺眉嬉鬧……在較為原始版本的插圖裡，主角都套有人的外衣，旗幟或階級服飾，而在這本以荷蘭文寫就的比利時新版裡，插圖雖還原回動物但更顯奇異（歧義），不是套裝扮

裝，就是雙手演金光布袋戲（並將人直接置放並陳），而
斷頭的雞則像一截鋸斷了的空有外型的木頭。

動物的寓言，自己的變形

　　就在那麼一天，一群曾歸化於動物寓言的「小野獸」，
突然褪去那層童話外皮，進入青少年，進入身體與「人」
群體的戰場。身體的異化（或隱喻裡的病變），人掙扎於
自身的存在（我不同於他人，我是他們其中之一），動物
寓言立即轉化爲卡夫卡（《變形記》裡一天醒來成了一隻
翻不了身的大甲蟲）和布魯諾・休茨（裡頭退化成鳥的父
親），甚而狼人、變蠅人……或更顯古怪的生物，與暗影
同生。正如同那亙古以來的「幻想生物」（波赫士曾收集
了一百二十則的《幻想動物集》），人（神）獸的同一換
形（如《山海經》裡精衛：「發鳩之山，其上多柘木。有
鳥焉，其狀如烏，文首，白喙，赤足，名曰精衛。其鳴自
詨。是炎帝之少女名曰女娃，女娃游於東海，溺而不返，
故爲精衛，常銜西山之木石，以堙於東海。」）

　　於是動物圖鑑裡的形象退下，換上人本思考裡的「自己
的變形」。這一時這一刻的「動物」寓言，將再度回歸神
話。

人物一覽

（按出場順序排列）

獅子——諾伯爾

狐狸——列那

狼——伊森格倫

狗——科托

貓——提伯特

海狸——潘瑟

兔子——庫瓦特

獾——何林貝特

公雞——坎特克雷

母雞——品特和史普特

母雞——科珮

公雞——坎塔特和克萊恩

坎特克雷之妻——蘿德

熊——布倫

列那之妻——海莫萊妮

列那之子——列那帝尼和羅瑟爾

伊森格倫之妻——荷欣德

公羊——貝萊

貝萊之妻——哈薇

野豬──馮科爾德

渡鴉──提塞萊

鷺──布魯內

松鼠──洛瑟爾

黃鼠狼──費內

雪貂──克林貝亞

伊森格倫之兄弟──盧內和衛德蘭肯

小狗──萊恩

教士──柏沙德

豹──菲拉培

穴兔──拉貝爾

烏鴉──柯寶特

柯寶特之妻──塞佩內柏

猴子──梅坦

母猴──露肯瑠

露肯瑠之子──畢特魯斯

何林貝特之妻──史魯珮卡德

海狸之妻──伍德嘉樂

水獺之妻──潘特克蘿德

春天降臨辛克森，大地覆上綠色的外衣。動物之王諾伯爾獅子，決定召集眾臣民。森林裡的大小動物，除了因為作惡多端而不敢現身的狐狸列那以外，均出席這次聚會。

所有的動物，除了獾以外，對紅鬍子的惡狐列那都是怨聲連連。

首先發言的是狼伊森格倫。

「國王陛下，」他說：「請您聽聽看，列那做了什麼好事！他強暴我老婆，然後又作弄了我兒子。我兩個兒子眼睛都被弄瞎了。他實在太過份，原本法庭準備審判他，但列那說他會設法證明自己的清白。結果他做了什麼呢？他逃回了他的安樂窩，然後從此不見蹤影。在這裡的所有大人們都完全明瞭列那帶給我多大的痛苦。即使人們已經在根特將他的罪行寫在了羊皮紙上，但仍然寫不盡我對他的控訴，他帶給我妻兒的傷害絕不容饒恕。」

伊森格倫坐了下來，接著小狗科托走到國王面前。「列那是個惡棍，也是個小偷。」他說：「有一年冬天天氣特別糟，我只剩下一根香腸可吃，這個列那還把它叼走，無恥的小偷！」

貓提伯特跳了出來，他氣壞了。「香腸的故事已經不新鮮了。」他說：「科托沒講出來的是，被叼走的是我的香腸，是我有天夜裡從睡著的磨坊主人那裡偷來的，科托將它從我這裡奪去。科托自己才是小偷！」

這時海狸潘瑟開口了：「你不會想為一個從小偷那裡偷東西的小偷辯護吧，提伯特？」

「我只不過講出事實。」提伯特說。

「人人都曉得列那是一個大壞蛋。」潘瑟說：「他可以為了一隻雞出賣我們當中的任何一個人，包括國王。昨天

他還矇騙了兔子庫瓦特。」

「庫瓦特！」國王說：「你那模樣，可真狼狽！」

「他騙庫瓦特，說要教他唱聖歌，」潘瑟說：「好讓他當上牧師。」

「然後呢？」國王問。

「列那把他緊緊地夾在兩腿之間，並開始高聲唱歌。恰巧我從旁邊經過，發現那狐狸演唱的禱文短得離譜。突然間，他停止唱歌並緊緊捏住庫瓦特的脖子。如果不是我出手相救，庫瓦特老早就進了列那的五臟廟。」

所有的動物們開始抱怨，諾伯爾國王不安地在王座上來回移動。

「只要王國還在，國王就應享有安寧。」潘瑟說。「是這樣沒錯吧？」

「沒錯。」國王說。

「陛下，」潘瑟說：「所以說，列那已經破壞了您的安寧。如果您繼續坐視不管，您及您的孩子們就還要受苦很多年。」

「潘瑟，你說得沒有錯。」伊森格倫說：「如果我們不把列那吊死，我們的災難就不會停止！」

這時，獾何林貝特站了起來，他是列那兄弟的兒子，他原本一直沉默不語。「伊森格倫先生，」他說：「俗語說敵人不說對方好話。請別誤會，壞人是該被吊死沒錯，但是如果你願意和我叔叔和解，我很樂意居中協調。這也是列那叔叔想要的。我叔叔不在這裡，無法為自己辯解，當然也無法控訴你用銳利牙齒咬他多少次了。」

「是列那教你這樣說謊的嗎？」伊森格倫生氣地問。

「說謊？」何林貝特問：「你自己，又欺騙了我叔叔幾

百次呢，伊森格倫先生。你該不會忘了鰈魚事件吧？」

「鰈魚？」伊森格倫說：「我可不知道有什麼鰈魚的事情。」

「你忘了那次列那爬上一個魚攤，從裡面丟出一條鰈魚的事了嗎？你跟在後面，在列那準備拾起於那條魚時，你便吞下了整條魚，只吐出了魚骨頭！」

伊森格倫想說話，但何林貝特不讓他插嘴：

「還有一次，你們一起去偷肥肉，你只留給他那條繫肉的繩子。可憐的叔叔，差一點就沒命了，因為肥肉的主人逮到了我叔叔，還把他塞進一個袋子裡。」何林貝特的聲音響徹會場。「各位先生，」他說：「我可以就這麼一直講、講到明天早上。伊森格倫在這裡為他的太太提出控訴不是很丟人嗎？他的太太荷欣德，當我叔叔的情婦早已超過七年。他們雖從未公開此事，但是他們深愛彼此。還有那個庫瓦特，若他學不好，列那老師難道不應該糾正他嗎？至於科托則最好閉上嘴，而不是到處喧嚷那根他自己從別人那裡偷來的香腸。誰有資格責怪列那去拿一個被偷來的東西？」

諾伯爾國王咳了起來。

「國王陛下，」何林貝特說：「我的叔叔，是一個誠實的人。若要說哪個人尊重和平，那個人絕對是他。他過著歸隱生活，穿著粗布縫的修士服，而且已經超過一年沒有吃肉了。他變得蒼白瘦弱，忍受著饑渴，為自己贖罪。」

何林貝特還在說話的同時，丘陵的方向出現了一支悲泣的隊伍。

公雞坎特克雷領頭走來。

跟在他身後的，是母雞品特和史普特，他們抬著一個擔

架，上面躺著她們死去的妹妹：科珮。走在擔架兩旁的是坎塔特和克萊恩——兩隻德高望重的公雞。他們拿著點著蠟燭的巨大燭台。坎特克雷家中的其他母雞大聲哭號著，走在擔架後方。

國王站起身來，所有其他動物也隨之起立。

他們皆驚愕萬分地看著科珮那慘不忍睹的遺體，她的頸部明顯是被咬斷的。

「發生了什麼事？」諾伯爾國王問。

「列那！」坎特克雷極其艱難地說話。

「列那！」國王說：「又是他！」

「國王陛下，」坎特克雷說：「我的人生已經失去了色彩。所有的一切都變成了黑白。春天時我開心極了，因為我的好太太蘿德孵出了十五隻胖小雞，八個兒子和七個女兒，我們住在一座美麗的農舍裡，四周砌有圍牆，還有座狗屋，那些狗負責看管我們。他們可是列那的眼中釘。列那不時在牆邊窺視，但是只要狗一聞到他的味道，他會立刻拔腿就跑。我們已經很久沒聽到過列那的消息了。然而有一天，他突然朝著我走來，這個殺人魔、小偷！他打扮成隱士的模樣，帶著一封蓋有國王您的璽印的信函。信中說您已經向王國中所有動物宣告了和平。列那告訴我他已經成為一位隱士，為的是要替自己的罪行懺悔。他讓我看一根朝聖手杖和一件據他說是來自艾爾瑪修道院的粗布修士服。『坎特克雷先生，』他對我說：『你不必再害怕我了，我已發誓不再吃肉和肥油。我老了、骨頭硬了，現在該是我思考靈魂幸福的時候了。願你平安！』說完，他就走了，因為隱士總是忙著祈禱及懺悔。」

「沒錯。」國王回答，他猜到了最糟的情況。

「您可以想像我有多麼地開心，因為從今以後我們就不

用再害怕列那了。」坎特克雷說：「我跑去告訴了孩子們
這個好消息，然後我們便從安全的圍牆後面走了出來，快
樂地嬉戲。這是個嚴重的錯誤，因為那個天殺的惡棍，突
然朝我們撲過來。在我回過神之前，他已經抓住並吞下我
的一隻小雞了。他得手一次之後便食髓知味，連狗也嚇阻
不了他了。他日夜在旁伺機而動，一隻接一隻地攻擊，共
吃了十一隻啊！昨天，狗將可憐的科珮從他的魔爪之中救
回來，可惜已經太遲了。」

諾伯爾國王現在怒火中燒。

「不吃肉也不吃肥油，何林貝特？」他說：「披著毛皮
修士服禱告嗎？我會讓他得到報應！」接著他轉向坎特克
雷說：「可惜對科珮來說，現在說什麼都來不及了。願上
帝憐憫她的靈魂。我們會好好安葬她的。各位先生們，我
們要好好商量該採取什麼行動。」

眾人為科珮唱輓歌並將她葬在一棵菩提樹下，大理石墓
碑上刻著：

科珮在此安息，
她是個安琪兒，
列那的嘴下冤魂，
令全家哀慟萬分。

然後諾伯爾國王便召集大臣商議。眾人一致同意該命令
列那現身。大家公認熊布倫是傳達這個命令的最佳人選。

國王將布倫喚到面前說：「布倫先生，我交付給您這項
任務。您要提防列那。他可是詭計多端，能言善道，他會
用花言巧語來誘惑拐騙您。」

「陛下，」布倫朗聲說：「請相信我，如果列那想對我搞怪，他就有苦頭吃了！請不必為我擔心。」

於是布倫便離開宮廷上路，渾然不知惡運即將降臨在他身上。

布倫的使命

（下場悽慘）

就這樣，熊布倫前往列那的住所，對於自己得到諾伯爾國王及其朝臣的信賴，他內心不無驕傲。

他費了許多功夫穿過一座森林，然後走過列那常在其間追捕獵物的茂盛灌木叢，那灌木叢的邊緣聳起一座高高的丘陵，往馬佩土斯的路得越過這座丘陵。

列那有許多住所，但是最舒適、也最難被找到的住所絕對是馬佩土斯。每當列那有煩惱或是碰到棘手問題時，他便回到馬佩土斯巢穴。

布倫總算站在列那的巢穴前。他叫道：「列那，你在家嗎？」

列那正躺在庭園中，在太陽下打盹。他馬上就聽出是布倫的聲音，但他卻紋風不動。

「你聽好，列那，」布倫說：「我是布倫，諾伯爾國王派來的使者！他命令你立即隨我前去朝廷，否則就有你受的！」

列那認真地思索。

布倫！國王的使者！

他當然也猜到為何自己必須即刻去見國王。

「布倫，我的好朋友，」他說：「你為了我這樣不辭辛勞、長途跋涉而來，真是我無上的光榮！」

「我其實一直想前去朝廷，」他說：「只是我的胃痛得厲害。」

「胃痛？」布倫問，他想到死去的科珮。「你都吃了些什麼？」

「唉，布倫兄啊，」列那說：「最近村民們的殘羹剩餚很少，我只能有什麼吃什麼了，也不可能有剩餘食物帶回家。唉呦，我的肚子！你知道我這幾天吃什麼裹腹嗎？」

「不知道。」布倫說，一提到吃的他的興致就來了。

「蜂蜜！」列那極端厭惡地說：「我滿肚子蜂巢哪，老哥，你不覺得很恐怖嗎？」

「蜂蜜？」布倫說：「親愛的列那，你說真的嗎？滿肚子蜂巢？」

「一點都不誇張。」列那用引人憐憫的口氣說：「吃得我都倒胃死了。」

「可是蜂蜜是全世界最好吃的東西啊！」布倫說：「沒有任何東西勝過蜂蜜。」

「少來了，」列那說：「別開玩笑了！」

「我說真的。」布倫說：「告訴我，列那，你去哪裡找到蜂蜜的？我感激不盡。」

「你別鬧啦，布倫！」

「我沒有，列那。」布倫饞涎欲滴地說。

「噢，布倫兄，」列那說：「那裡的蜂蜜足夠給十頭像你這種體型的熊吃。」

「十頭！假如有從這裡排到葡萄牙這麼多蜂蜜的話，我馬上一個接一個蜂巢地吃個精光，而且一個人包辦！」

「這樣啊！」列那說：「看來還真的是『青菜蘿蔔，各有所好』了。」

「沒錯。」布倫說。

「你聽好，」列那說：「這附近住著一個農夫，名叫藍佛洛特，他的蜂蜜多到你七年也吃不完。只要你答應在諾伯爾國王面前幫我美言兩句，我就帶你去。」

「美言兩句？」布倫說：「我最親愛的朋友，這還用說嗎？理所當然嘛！」

於是列那站起來，打開門說：「跟我來，布倫兄。」

他們一起走到藍佛洛特的農舍，然後列那馬上裝胃痛。

農夫藍佛洛特也是個木匠。他的房子前面放著一根巨大

的橡樹樹幹，是他用來做木工的。樹幹裡面有一個寬大的裂縫，藍佛洛特在裡頭嵌入了兩個大楔子。

列那帶著布倫停在樹幹前說：「就是這裡。」

「在這個裂縫裡？」布倫問。

「裡頭滿滿的全是蜂巢，老哥。」列那說：「答應我你不會貪得無饜。」

「貪得無饜？我？不會啦！」布倫說：「人要懂得適可而止。」

「這樣才走得久長。」列那說，一邊暗自竊笑。

布倫跪在樹幹旁，將頭和兩隻前腳伸入裂縫裡。

「好吃嗎？」列那一邊問一邊飛快地踢那兩個楔子。啪地一聲，楔子應聲夾住，布倫被牢牢扣住。

布倫知道自己被夾住了，而且還不只被夾到一點點。他痛得怒吼，但無論他如何掙扎拉扯都徒勞無功。

「好好填飽肚子囉，布倫兄！」列那說：「等會兒藍佛洛特會為你送來搭配這場盛宴的飲料。」

接著他就走回馬佩土斯，任由可憐的布倫自生自滅。

布倫發出一陣劇烈怪聲，不一會兒，藍佛洛特走到外面去一探究竟。

「一頭熊！」他驚訝地說。當他確定布倫被夾住時，他跑向村裡，發出嚴厲警告。

落入陷阱的熊！人人都想親眼目睹。所有人都跑往藍佛洛特家，有人拿禾叉有人拿掃把，有人拿連枷或棍棒，總之手邊有什麼拿什麼。神父和教堂司事也分別拿著權杖和聖旗從教堂衝出。神父的太太尤洛克拿著紡紗桿，跑在最前頭的是藍佛洛特，手中揮舞著一把大斧頭。

眾人大聲叫嚷，情緒亢奮，布倫聽見了他們走過來的聲音，使出最後一絲力氣死命將頭拉出，結果拉斷了一隻耳

朵，頭皮也被扯下。他慘叫著將兩隻前腳先後拉出，但是他的爪子和手套卻卡在裂縫裡。

老天，這麼醜陋的動物還真是前所未見！

他的前腳疼痛難耐，幾乎無法走路，鮮血從頭上流入他的雙眼，所以他什麼也看不見。

他揉了揉眼睛，看見了藍佛洛特拿著斧頭、神父拿著權杖、司事拿著聖旗走來，司事後面還跟著全村村民。他趕緊朝河的方向走去，但是眾人在河岸將他團團圍住，瘋狂地打他、刺他，還拿石頭丟他。

藍佛洛特看起來簡直和魔鬼沒兩樣。他拿著斧頭，朝布倫的脖子和頭之間就是一頓毒打，被折磨得半死不活的布倫驚慌地跳到河和樹籬間，恰恰跳入一群老婦人之中。他順手把五個婦人扔入水裡，其中也包括神父的太太。

那河既深又廣，當神父看到妻子掉入水裡時，他馬上將布倫的事拋到一邊。

「親愛的教友們！」他失聲大叫：「我太太尤洛克拿著紡紗桿掉到河裡了，誰把她救起，罪惡就能獲得赦免。」

所有的「罪人們」立刻忙著拿鉤子、繩子，再也沒人去理會布倫。

神父的太太被撈起時，布倫也稍稍恢復了精神，他一躍便跳入河中。

村民們眼見他逃跑，氣得火冒三丈，但湍急的水流迅速將布倫推走，不一會兒他便聽不見眾人的呼喊聲了。

布倫詛咒列那這個壞蛋，問候了他的祖宗八代，並深深自責自己貪嘴及輕信他人。諾伯爾國王還特別警告他呢！

他漂流了好一大段路，血流如注，疼痛不已，而且疲憊至極。他用僅存一點力氣游到岸邊後筋疲力盡地躺下。

很少看到比布倫更悽慘的動物了，他哀號、哭泣著，既

痛苦又憤怒。

而在這一切發生的同時，列那也沒閒著。在他逃離藍佛洛特的農舍之前，他抓住一隻肥母雞，帶著他的獵物跑上丘陵，在那裡大快朵頤一番。等到他飽餐一頓之後，才又跑下丘陵。

這是美好、暖和的一天，他跑得汗流浹背，於是他走往河邊，準備泡個清涼的冷水澡。列那的心情愉快極了。他在朝廷中最大的敵人應該早就被藍佛洛特送上西天了。

這時他看到了布倫。列那的歡欣之情瞬時化為憤怒。他開始詛咒藍佛洛特，因為他竟讓布倫逃走了。「笨蛋，」他說：「讓這頭胖熊就這麼白白地溜了。可惜了那身溫暖的毛皮和好吃的腿肉！」

他走向躺在血泊中、垂死的布倫，語帶嘲諷地說：「您好啊，神父先生！您認識列那這個無賴嗎？他這個紅毛惡棍、超級壞胚就站在您面前！告訴我您屬於哪個修會？我從未見過戴紅帽的修士。您是大修道院還是小修道院院長呢？哇！他們是不是在剃髮時將您一隻耳朵也剃掉了？技術太差了！還有，您為什麼將手套脫掉？是打算為您人生的最後時刻歌唱嗎？」

布倫聽了氣得咬牙切齒，卻無力反駁。最後，他實在聽不下去，便站起身再次跳入河裡。離這個惡棍遠遠的。

他游了好長好長一段距離之後才從水裡爬上岸，接著陷入沉思。

他用無爪的前腳摸著的無皮的頭。

他能就這樣去見國王和朝廷大臣嗎？

他要如何解釋這一切？整件事可笑得難以啟齒！真叫人無法置信！

他呻吟著。

　　國王的使者，哼！他覺得自己愚蠢至極，而且被狠狠地羞辱了。

　　他踏上歸途，因為諾伯爾國王還在等著他，等著列那。

提伯特的使命

（神父的下體被咬）

布倫從遠處垂頭喪氣、步履蹣跚地走來，剛開始大家都沒認出他。但當他緩步走近，諾伯爾國王大驚失色地叫道：「我的天哪，那是我的使者布倫！你看看他的頭！真恐怖！到底發生什麼事了？」

布倫拖著沉重的步伐走到國王面前，

「國王，為了您自己的榮譽，請為我復仇。看！這就是列那對我做的好事！」

「此仇不報非君子。」諾伯爾國王忿忿說道。他召集眾朝臣，共同商議最佳對策。之後，他們決定二度傳喚列那到庭並且交付貓提伯特這個使命。

諾伯爾國王將提伯特叫到自己面前：「提伯特先生，去把列那帶回來。他很尊重你，告訴他如果他不來，情勢將對他非常不利。被傳喚三次的人會令自己和家人蒙羞。」

「唉，國王，」提伯特說：「我只不過是一隻弱小的動物。高大強壯的布倫都無法完成任務了，我如何有辦法說服列那來受審？」

「提伯特先生，」諾伯爾國王說：「你既有智慧又見多識廣。四肢不發達的人頭腦必定不簡單。聰明比蠻力更容易達到目的。你現在去吧，上帝會伴隨你的。」

「願上帝與我同在。我要開始一場艱苦的旅程了！」

提伯特出發了。他的內心深處惶惶不安。他完全不信任列那，一想起布倫的頭，禁不住背脊發涼。

他帶著複雜的心情抵達了馬佩土斯巢穴。

「願上帝賜給你一個美好的夜晚，」提伯特說：「若是你不立即隨我前去受審，國王便要將你處死。」

「提伯特表弟，」列那說：「歡迎，歡迎！對你我絕不會避不見面的。上帝賜你榮耀與虔誠！」

提伯特彎腰致敬。

　　列那望著外頭天色。「已經天黑了，」他說：「我想你今晚最好在這裡過夜。這樣我們明天清晨就能一起前往朝廷。知道嗎，提伯特？你是我的表弟，我最信任你了。」

　　「喔！」提伯特說。

　　「你曉得布倫那個貪吃鬼來過這裡嗎？」

　　「這我聽說了。」提伯特小心翼翼地說。

　　「一隻又大又危險的野獸。」列那說：「他以暴力脅迫我跟他走。提伯特，他給我多少錢我都不會走的，但是你的話我二話不說就跟你走。明天一大早。」

　　「我覺得我們最好今晚出發。」提伯特膽怯地說：「今晚是滿月，最適合趕路的天氣。」

　　「不，親愛的表弟，」列那說：「像這種夜晚，有太多不懷好意的人四處走動。我不希望你有什麼不測。」

　　「那我們吃什麼呢，列那？」

　　「唉！」列那說：「你說到重點了。現在時機很差，親愛的表弟。我唯一能供你吃的就是一個蜂巢，好吃吧？」

　　提伯特做出嫌惡的表情。「蜂蜜！」「你家裡沒別的東西啦？比如說一隻肥老鼠？」

　　「老鼠！」列那說：「親愛的表弟，你怎麼不早說？恰巧附近住了一個神父，他家的倉庫滿滿的全是老鼠。神父為此很傷腦筋，真是大麻煩哪！」

　　「太棒了！」提伯特說：「列那，你知道老鼠可是比什麼野味都要可口上千倍？」

　　「我不知道。」列那回答。

　　「喔，列那，帶我去倉庫，我會永遠感激你的。就算你殺了我的家人、我的親父親都可以。」

　　「別那麼誇張。」列那裝出一副驚愕的模樣。

　　「我一點都不誇張。」提伯特說。

「我們馬上就出發。」列那說：「一下就到了。」

「有肥老鼠的話，義大利我都跟你去。」提伯特說。

「也沒那麼遠啦。」列那說。

他們不一會兒便抵達神父家的倉庫，倉庫四周被一座高高的土牆圍住。提伯特隱約覺得有些不對勁。「搞什麼花樣？」他問。

「跟我來。」他說。

幾天前，列那才剛在牆上鑽了一個洞，以便偷取神父的公雞。神父的兒子馬汀內因而氣得在洞口後面放置一個繩結，等著捕捉列那。

但列那曉得繩結的事。「提伯特，這有個洞，聽到吱吱聲沒？那些可愛的胖老鼠。你只管去，我在這裡等你。」

但是提伯特遲疑著。「神父都是老謀深算的傢伙。」他說：「可能有埋伏。」

「唉，不會的。」列那說。

提伯特不多猶豫，隨即爬入洞裡。在他還沒來得及反應之前，他的頭就被繩結套住了。

提伯特奮力翻滾，全身冷汗直流。然而這只讓脖子上的繩子束得更緊。他大聲哀號。

「好吃嗎，提伯特？」列那問：「如果馬汀內知道你在那大快朵頤，他會立刻跳下床，爲你送來搭配的醬汁，因爲他最了解他那些雞了。」

提伯特大喊。

「喔，這叫聲聽起來好滿足，提伯特，」列那說：「你歌唱得這麼好聽是從朝廷裡學來的嗎？」

提伯特被他的話激得大吼大叫，驚醒了馬汀內。「我捉到他了！」馬汀內說：「他被繩結套住了，這偷雞賊！看我怎麼教訓他。」

他站了起來，將他的父母叫醒。

神父光溜溜地從床上跳起來。

「他在這裡！」最先跑去的馬汀內大喊。

神父跑到火爐邊，拿起他太太尤洛克的紡紗錘。尤洛克點了一根祭祀聖燭，神父用紡紗錘狂打提伯特。馬汀內抓起一塊石頭，打掉了提伯特一隻眼睛。而正當神父舉起紡紗錘，準備給提伯特致命一擊之際，自覺命將休矣的提伯特突然發狂似地跳起，往神父的胯下狠狠一咬。

神父痛得又叫又跳，而尤洛克則開始悲泣：「你看，馬汀內！那隻天殺的畜牲咬了你父親的睾丸啦！就算能夠痊癒，我們也沒樂子可享了。」

一直坐在洞前的列那聽到這些話忍不住大笑起來，還笑到放出響屁。

「冷靜點，親愛的尤洛克女士。」他說：「不要再抱怨啦！你那個神父老公往後只靠一個蛋蛋辦事，會有什麼差別嗎？他反而會加倍努力，而妳只會更快活，不是嗎？」列那用嘲弄的口氣安慰哭號不已的神父太太。

接著神父昏了過去，他太太趕緊扶住他，將他帶到他們的睡床。

列那一個人跑回馬佩土斯巢穴，拋下只剩半條命的提伯特不管。

就在人人憂心神父的情況之時，提伯特做出最後一搏——天曉得他怎麼辦到的！——他用牙齒咬斷了繩子。

他趕緊爬出洞，邁著發抖的雙腿，頭也不回直奔朝廷。

列那對何林貝特懺悔

當提伯特抵達朝廷時，太陽已經升起一陣子了。

諾伯爾國王看見使者朝他走來的模樣，氣得直說要讓列那好看。國王當下便召集衆朝臣開緊急會議，商討對策。

他們商量了很久仍沒有結果。

這時列那兄弟之子獲何林貝特開口了：「各位先生，大家在此交換許多意見，但即使我叔叔比你們所說得還要惡劣，他仍是自由之身。一個自由人必須被傳喚三次，若他還是不出現，你們才能依據他被控訴的行爲進行審判。」

「你說的一點也不錯，」諾伯爾國王說：「但是你很清楚布倫和提伯特的遭遇。誰還會願冒著頭皮被扯或眼睛被打落的危險，去當第三位使者？」

「看在上帝的份上，」何林貝特說：「如果說您命令我去，我就去。」

「好，」諾伯爾國王說：「你去吧，何林貝特，小心不要上當。」

「他畢竟還是我叔叔。」何林貝特說完便啓程了。

到了馬佩土斯，他發現他叔叔列那、嬸嬸海莫萊妮和他們的小狐狸們在洞裡。

「叔叔，」何林貝特說：「你不擔心你的安樂窩嗎？這已經是你第三次被傳喚了。如果你不在最短時間內現身受審，你會大難臨頭。不出三天國王就會佔領你的家，然後在你家門口架起絞首台。你的妻兒將羞愧得無地自容，假如他們還活著的話。」

「嗯。」列那說。

「我奉勸你跟我走，」何林貝特說：「你現在還沒被定罪，而且你向來足智多謀。也許明天你就獲判無罪，當天就能回家了。」

「你說的沒錯，何林貝特，」列那說：「但是我在朝廷裡樹敵眾多，想要獲判無罪恐非易事。不過罷了，我跟你走，因為這攸關我的家、我妻兒的命運，以及我自己的性命。」

「這是明智的決定。」何林貝特滿意地說。

「海莫萊妮，」列那說：「我現在要去朝廷。妳要好好照顧我的兒子們，列那帝尼和羅瑟爾那個小賊兒。他們是我的心頭肉，不過我知道妳可以讓我放心。」

海莫萊妮看起來悶悶不樂，因為她對整件事情不抱持樂觀態度。

「我親愛的老婆，」列那安慰她說：「妳知道我不會輕易落網的，靠著我這張嘴我就能逃脫的。」

就這樣，列那跟妻兒道了別，和何林貝特一起離開馬佩土斯。

當他和何林貝特越過灌木叢時，他說：「好姪兒，我很煩惱。我的內心沉重不已，令我止不住地嘆息。我良心感到十分不安，我想現在對你告解，因為在這裡一時也找不到神父。這樣我心裡會輕鬆些，也會給我力量。」

「好的，」何林貝特說：「但如果你不馬上停止偷竊掠奪，告解也無濟於事。」

「我知道，何林貝特，我的好姪兒。」列那說：「我要懺悔並為了我所做的一切惡行請求寬恕。聽好！Confiteor pater mater ＊，我欺騙了水獺和貓和全部的動物。我要懺悔。」

「叔叔，」何林貝特說：「你要懺悔，幹什麼跟我講法文啊？」

＊編註：「Confiteor pater mater」為拉丁文禱詞，意思是「向聖父聖母懺悔」。

「拉丁文，何林貝特，那是拉丁文。」列那說：「我說溜嘴了。」

「只要你接下來講荷文就行了。」何林貝特說。

「願上帝寬恕我。」列那說：「世界上沒有一隻動物能不中我的詭計。我害布倫被扯掉了頭皮，提伯特被我帶去抓老鼠，卻只討來一頓毒打。我帶給坎特克雷和他孩子們的傷害更是無以復加。我面對國王時態度不佳，還大大羞辱了王后。我不知道該如何彌補這一切，何林貝特。」

「寬恕始於懊悔。」何林貝特說。

「我騙過的人，遠比我說出的還要多。」列那說：「我讓伊森格倫在艾爾瑪修道院裡成了修士。我們一起進入修道院。伊森格倫說他很想學習敲鐘，於是，我就將他的腳綁在鐘的繩子上。但他敲鐘敲得太過激動了，弄到大家都被嚇得跑來瞧是怎麼回事，還以為鐘樓裡有魔鬼。伊森格倫差點就被打死了，我說真的。然後我就去除他頭頂上的毛髮，因為當修士就得如此。結果他的頭被我燒焦了，真是臭氣沖天哪！」

何林貝特能想像出當時的狀況。

「有一天我帶他去波羅瓦的神父那裡。在整個弗爾芒杜瓦地區你找不出比他更有錢的神父了。他儲藏了大量的燻肉，我經常大飽口福。我在倉庫底下挖了一個洞，讓伊森格倫爬進去。老天，這個傻瓜以為自己到了天堂啦！到處都擺滿一桶桶牛肉，鉤上掛著無數油亮的燻瘦肉。伊森格倫立刻狼吞虎嚥，大吃特吃，不騙你。但當他想從洞爬出時，卻發現自己的肚子撐到爬不出去了。我衝到村裡嚴厲警告村民，然後又跑到神父家，他正坐著吃飯，準備要享用一隻公雞。我一時衝動便當著神父的面抓走了公雞，神父簡直不敢相信自己的眼睛。他拿起一把刀，大聲叫嚷著

追著我跑。我嘴裡啣著雞，把他引到伊森格倫那裡。在混戰中我不得不將雞丟下。但當神父一看見伊森格倫，頓時大發雷霆、怒火衝天。這時村民們也都趕到了，手中拿著結實的棍棒。卡在洞裡的伊森格倫當場遭到一頓痛打，接著村裡的小孩用布矇住他的眼睛，把他拖出洞外，在他的脖子掛上一塊笨重的石頭。然後孩子們放開他，村裡頭所有的狗便全朝他跑過去。最後他垂死躺在地上，孩子們玩夠了之後便把他放在擔架上，抬出村外扔進壕溝。他是怎麼活著離開那裡的，我到現在依然不明白。」

「真慘！」何林貝特說，他自聽人告解的神父角色中回神了一下。「後來呢？」

「伊森格倫不是很聰明。」列那說：「他承諾，若是我幫他弄到足夠吃一年的雞，他就不跟我計較。雞不就是我的專長？我帶他到一間房子裡，告訴他裡頭有兩隻肥母雞和一隻公雞。他可以輕易地從屋頂的推窗進去。

『天黑了，伊森格倫，』我說：『他們在母雞欄裡熟睡著。胖嘟嘟的母雞和一隻肉呼呼的公雞。』

伊森格倫馬上流著口水跳上屋頂。他打開推窗，貪心地四處亂抓，但是他沒有找到雞。

『列那姪兒，』他說：『這裡沒有雞。』

『你說什麼啊，伊森格倫叔叔？』我問：『那你就爬進去一點啊！這又不費什麼力氣！』

接著，便發生了我意料中的事情。伊森格倫拋開一切顧慮，大膽屈身探入屋內，結果砰然落地。他發出的巨響把房子裡的人統統嚇醒了。在火爐旁邊睡覺的人以為有什麼東西從煙囪掉下來。他們點上燈，發現了伊森格倫，然後把他打到差點沒命。」

「但這還不是最糟糕的。還有荷欣德的事。」

「荷欣德女士?」

「唉!」列那說:「世界上沒有比她更美的女人了。伊森格倫愛她甚於自己,而我對她的愛只怕還更多。」

「你的意思是?」

「荷欣德和我……」列那嘆了一大口氣,然後說:「我真希望事情還沒發生,但生米已煮成熟飯了。」

「列那叔叔,你好像在打啞謎。」

「我背叛了他。」列那說:「說白了,就是這麼一回事。何林貝特。」

「沒錯,」何林貝特說:「列那叔叔,聽著……」

「那也許是最糟糕的罪惡,」列那說:「但卻是非常甜蜜的罪惡。你現在可以原諒我並告訴我該如何贖罪嗎?」

何林貝特曉得該怎麼做。

他從樹籬折下了一根小樹枝,打了列那四十下,力道不重,因為那不過是一種象徵性的行為。

「列那叔叔,」他說:「你的罪惡已經得到赦免。醒過來,禱告吧!好好遵守齋戒的規定,引導其他罪人走入正途並誠實地獲取日用的食糧。」

「願上帝幫助我。」列那虔誠地說。

「你要發誓你不再搶劫偷竊。」何林貝特說。

「我發誓!」列那說。

然後他們便往朝廷走去。

不多時,他們行經一座修女院,裡面養了雞和鵝。列那說:「何林貝特,我們抄捷徑吧!」

於是他帶著姪子直接走進放養肥雞群的農舍廣場。

列那看得目不暇給,一時心癢難耐,猛地便撲向一隻肥嫩的小公雞。

「列那!」何林貝特驚道:「你在做什麼?你才剛剛懺

悔過！」

列那懊悔地放開公雞，說道：「原諒我，何林貝特，好姪兒。我一時克制不住。」

「直直朝前看，」何林貝特說：「並且保持距離！」

列那直直朝前看，饞涎自嘴角滴下。他誦念兩遍「我們的天父」，祈求修女們的雞鵝天堂永福。他的內心痛苦掙扎，因為他更想在肚子裡進行一場彌撒祭禮。

接著兩人便各懷著滿腹心事，繼續往朝廷前進。

朝廷裡，傳言像野火般蔓延開來：列那和第三位使者何林貝特已在前往朝廷的路上。

所有的動物，無論大小，都對列那有怨言。

列那心中害怕，表面上卻不動聲色。

「來吧，何林貝特，」他說：「我們當然要走前門。」

彷彿國王之子般，列那抬頭挺胸地走向諾伯爾國王。

「您好，國王陛下。」他說：「願上帝賜給您健康與長壽！我真心地問候您，因為沒有任何一個國王的僕人比我更忠實了。然而您對我的信任卻為我招來妒嫉，有人想陷害我，那些不當享有聲望的在朝小人。願上帝懲罰那些說謊且中傷我的人。」

「列那，你這惡賊！」諾伯爾國王說。「你少跟我灌迷湯！你是忠實的僕人？別笑破我的肚皮了。你破壞了我的安寧，列那，你要付出代價。」

「更別提他對我做的一切了。」坎特克雷忿恨的說。

「安靜點，坎特克雷，」國王說：「先讓我來回答他！我說列那你這個賊人，你對我還真是尊敬有加！提伯特失去一隻眼睛，布倫的頭掛彩就說明了一切。我不想繼續浪費唇舌了！今天結束之前，你將為你的惡行承擔惡果。」

「奉天父聖子之名！」列那說：「布倫先生頭痛是他自己笨。為什麼他不多展現一些鬥志？而提伯特執意要去神父家抓老鼠也不能怪我，我還勸他不要去呢！」

「提伯特和布倫是國王的使者。」諾伯爾國王說。

「國王，」列那說：「我的命運就在您的手中，您要烹煮我、吊死我，或把我的眼睛挖出來都悉聽尊便。您很強大，我很弱小。您的影響力無遠弗屆，而我的力量則微不足道。您能掌控生死，可是我的死對於國王您來說真的值得嗎？」

這時公羊貝萊跳出來，他旁邊站著他的妻子哈薇。「國王陛下，」他說：「請您別聽信這個油腔滑調的傢伙，聽聽我們的聲音！」

「沒錯！」布倫說。

提伯特和他一起站了起來，還有伊森格倫、野豬馮科爾德、渡鴉提塞萊、海狸潘瑟、鷺布魯內、松鼠洛瑟爾、黃鼠狼費內之妻、坎特克雷和他那幾個死裡逃生的孩子以及雪貂克林貝亞。

他們一起站到國王面前，這些動物和列那之間答辯的激烈程度可說前所未見。對列那的控訴多不勝數，證據更是成千累萬。

諾伯爾國王聽了眾人的控訴，接著便召集眾朝臣。在短暫的會商之後，大家均同意架起絞首架，當天便讓列那就地正法。

列那知道自己的時候不多了。何林貝特和列那最親的親人皆紛紛離去，因為他們無法忍受親眼看到自己的叔叔被吊死的恥辱。

這時換諾伯爾國王發愁了。他不喜歡看到這麼多動物隨同何林貝特一起離開，因此他將布倫和伊森格倫喚至面前說：「你們還在等什麼？過不了多久就天黑了。我們雖然逮到列那，但他狡猾成性，知道許多可藏身的洞穴。假如今天不吊死他，我們也許永遠無法吊死他了。」

「這附近就有一座絞首架。」伊森格倫說並深深嘆了一口氣。

提伯特曉得這觸到了伊森格倫的痛處。「我知道你的兄弟們是在那裡被吊死的。」他說：「盧內和衛德蘭肯，被列那的讒言所害。現在你可以幫忙吊死列那來報仇了。」

「諸位先生，」列那說：「繩子不是問題吧？提伯特頸子上還有一段哩，那是咬神父胯下的禮物。我覺得它很合適。伊森格倫先生，你還等什麼？你和布倫快一起來把可恨的列那綁起來吧！」

「沒錯！」諾伯爾國王說：「帶提伯特一塊去，他最清楚如何將繩子在絞首架上綁緊。」

「這是列那給過我們的最好建議。」伊森格倫說。

「我看也是他最後的建議。」布倫邊說邊小心地摸摸他無毛的頭。

於是，探蜜賊、鰈魚盜和捕鼠者便朝著絞首架的方向走去，準備將絞首架備妥，才能將列那五花大綁。伊森格倫不太放心，臨去前還再三叮嚀大家要看好列那。他命令他太太荷欣德不得離開列那身邊一步，並且要抓緊他的鬍子，無論任何理由或藉口，絕不鬆手。

「伊森格倫先生，」列那說：「你要我死，我並不感到意外。但如果和我曾有一段美好過去的荷欣德會動我一根汗毛才奇怪咧！但是你，我親愛的伊森格倫叔叔，卻不管我的死活，布倫先生和提伯特先生也是。這一切，都是你們三人蓄意而為，好把我吊死。你們耍手段讓大家認為我是小偷。希望有一天上帝會給你們嚴厲的懲罰！不過我不會再拖拖拉拉了。你們去做該做的事，動作快點！我要抬頭面對死亡。死亡讓我解放！趕快去絞首架那裡吧，在你們三個自己也被吊死之前！」

「阿門。」伊森格倫說。

「阿門。」布倫說：「走吧！」

然後他們三人便跳起來，高興地跑開了。他們加快了步伐，以求盡快抵達絞首架所在之處。

　　列那望著他們的背影，一言不發，因為他當然從來沒打算就這麼束手任那三個笨蛋吊死自己。「不然我還是不是狐狸啊？」他想。世上沒有比狐狸更狡猾的動物了。所以囉！他設下了一個他從昨晚起便開始構思的詭計。

　　諾伯爾國王命人吹號角並說：「將他帶走！」

　　「國王陛下，」列那說：「請您慈悲，我現在想懺悔我的過錯，全部的過錯，當著大家的面。」

　　「這樣啊！」國王說。

　　「承認我所有的罪行比較好，」列那說：「這樣我死後就不會再有人指控我。」

　　「這倒是實話。」國王說：「你說吧！」

　　列那悲傷地噘起鼻嘴，逐一看過每一隻動物。「上帝與我同在。」他說：「在這個高貴的朝廷裡沒有一隻動物沒被我作弄過。曾經有那麼一段時間，已是很久之前了，我那時沒那麼惡劣、壞事做盡。我還是隻小狐狸時既勤奮又有美德。我同小羊們一起玩耍，在快樂的咩咩叫聲中開心度日。直到一天我咬死了一隻小羊，有點算是意外，於是災難就此展開。我首次嚐到血和肉的滋味。之後我在森林裡看見一隻山羊，我吃掉了她的兩隻小羊。我開始大開殺戒。數不清的雞鴨鵝成為我的盤中飧。我嚐的血愈多，我就變得更殘酷。我嘴下任何體型比我小的動物都被我咬斷魂。在一次嚴寒的冬季裡，我在貝瑟勒的一棵樹下碰見伊森格倫。他告訴我他其實是我的叔叔。我們成了朋友並約定由我抓小隻獵物，他則抓大隻獵物，但要合埋分享捕獲物。但事情完全不是如此！每當伊森格倫抓到一隻小牛或山羊，而我向他要求我的份時，他便開始大發雷霆，對我高聲咆哮，讓我害怕。那貪婪的傢伙只留殘屑給我，有時

還更少！但我不抱怨。我們經常一起捕獵大型動物，有時會抓到一頭牛，有時是一隻豬。然後伊森格倫先生會立刻把他太太和七個孩子叫來。留給列那我什麼？幾根啃得乾乾淨淨的腿罷了！不過算了，我是容易知足的人，而且我很愛這個陷害我的叔叔。國王陛下，如果我願意的話，我根本不必挨餓，因為我擁有的銀子和金子，是七輛馬車也載不完的。」

「銀子？金子？」諾伯爾國王的眼睛為之一亮。「你哪來這些寶藏？」

「我會告訴您的。」列那說，當場全部的人都聚精會神地聽他說話。「臨死前不需要再隱瞞祕密。國王陛下，寶藏被偷了。」

「被偷了？」

「是的，」列那篤定地說：「而且要不是發生了這件事情，陛下您可能已蒙主寵召了。」

王后臉色變得慘白。「列那，你說的這是什麼可怕的故事啊！有人要威脅我王夫的性命嗎？」

「王后，這不是美好的往事，」列那說：「但卻是可怕的事實。」

「列那，告訴我們！」王后說。

列那心中竊笑，但他裝出如喪考妣的模樣。他面有憂色地大嘆一口氣。

「王后，」他說：「如果我還能活命的話，我絕不會在這裡透露此事。不過事實有必要被說出，尤其是當你即將被吊死之前。我不想隱瞞任何事，免得遺臭萬年。」

「安靜！」諾伯爾國王叫道：「讓列那說。」

「這件事說起來非常棘手，」列那說：「不過，事實就是在您我身邊很近的人策畫了謀殺行動。我並不想當密告

者，可是對謀殺行動知而不報更不可原諒。」

諾伯爾國王看起來有些恐慌。「列那，」他說：「這是真的嗎？」

「千真萬確！」列那說。「我的靈魂已經背負了太多的罪惡，我沒必要在生命的最後時刻說謊。」

「我們必須知道事情的來龍去脈，」王后說：「事關您的性命，國王！」

「不要打斷列那，讓他把事情說完。」諾伯爾國王說。

所有的動物保持靜默。

列那做了個深呼吸。情況逐漸變得如他所設想的一般。

「我會說出整件事情。」列那說：「我很難過無法顧及個人私情，但是他們是咎由自取，怨不得別人。」

（聽聽他是怎麼他指責自己的父親和他最喜歡的姪子何林貝特是叛國賊，他蓄意如此，好取信他的敵人。）

「有一天，」列那說：「我父親找到了艾蒙利克國王那神奇的寶藏。我父親要提伯特前往蠻荒的亞耳丁地區，找住在那裡的布倫。提伯特請布倫返回法蘭德斯*去當動物之王。布倫覺得這主意不賴，便立即動身去法蘭德斯，也就是我父親居住的瓦斯蘭地區。然後我父親又找來了何林貝特和伊森格倫。他們五人一同前往小村希福特。在一個深夜裡，他們在希福特和根特之間的某處進行極祕密的會談。在荒野之中，他們五人立誓置國王於死地。假如王室中有人想阻止他們的行動，我父親就會讓他好看。而我怎麼知道這一切的呢？某個風和日麗的日子，我的姪子何林

----

*編註：法蘭德斯（Flanders）乃中古封建國家之一，位於北海沿岸，在今比利時和小部份法國。

貝特說溜了嘴，而且對象不是別人，正是我的太太海莫萊妮。她還保證絕不將事情洩露出去。不過我當然在最短時間內便得知一切。您一定能夠想像得到，我的毛髮瞬間豎直，心涼了半截。毋庸置疑地，這個邪惡計畫會令國王和我們所有人都身處險境。國王陛下，當時我心繫著您的安危，然而我得到了什麼回報呢？列那必須被吊死！我認識布倫也不是一天兩天了。他既貪嘴又邪惡，什麼事都做得出來。我擔心一旦他當上了國王，我們都不會有好日子過。在我眼中，國王陛下是個高貴正直的人。他的德澤廣被，遍及全民。因此我抱頭苦思如何阻止我父親的奸計並打擊布倫的野心。我誠心祈禱上帝保佑吾王，使其王位不被那貪婪的下流胚子所篡。我知道唯一的解決之道就是偷走我父親的寶藏。可是他將寶藏藏在何處呢？我開始悄悄地跟蹤他，日夜守在森林及原野偷窺。有一次我幾乎要放棄了，連著數小時，我都在一旁伺機而動，然後我看到他從一個洞口走出。他行徑怪異，一直謹慎地四下張望，疑神疑鬼。不過我將自己藏得很好，沒有被他發現。他小心地將洞口蓋好，並用尾巴掃除痕跡。這招我本來不懂，不過從那之後我也常用。接著我父親走向住著肥碩母雞公雞的村子。我趕緊跑出來，把洞挖開。國王陛下……」

眾人屏息以待，列那享受著這一切，但他裝作若無其事的樣子。

「我沒弄錯，」列那說：「那裡頭，就放著艾蒙利克國王的寶藏。從未有人看過那麼多的金子和銀子。我和我的太太海莫萊妮沒日沒夜地將寶藏移到另一個洞穴。我們瘋狂地工作，還得當心別被人瞧見。最後我們總算完成了任務。然而在這期間，那些起誓的共謀者也沒閒著。布倫刻意在全國放出消息：誰願意臣服於他，就可獲贈大量的金

子和銀子。我父親也四處付錢雇人打點布倫的事，全沒料到他允諾每個人的報酬以及可讓他輕鬆買下整個倫敦的財寶已不復存在。我父親奔走於易北河和索姆河之間，組織大支軍隊，準備在夏初用來對抗國王。然後他又回到布倫和他的朋友那裡，告訴他們他在薩克森地區的冒險，說自己不時被獵狗威脅。但他也帶給布倫充滿希望的消息：光是伊森格倫家族就有一千兩百個士兵會來！布倫自己也有熊和貓兵團，更別提來自圖林根和薩克森的狐狸和獾兵團。只要能在起事的二十天前獲得酬庸，他們便願意立誓為布倫效命。上帝保佑！我在千鈞一髮之際，阻止了一場災難。當我父親回到他的藏寶處時，發現那裡早已空空如也。他羞憤莫名，於是便上吊自殺了。所以可以說是我阻止了布倫的篡位。可是現在呢？伊森格倫和布倫變成國王的大臣，而我的下場卻是如此！」

列那停止說話，國王和王后開始交頭接耳、竊竊私語。

接著，諾伯爾國王說：「列那，跟我們來。」在眾人聽不見的範圍內，國王問道：「列那，告訴我們，你將寶藏藏在哪裡？」

「請您別見怪！」列那說：「在我即將被吊死之前我還急著告訴您寶藏藏在哪裡？我還沒那麼瘋！」

「不，列那，」王后說：「國王會放你一條生路的，如果你保證今後洗心革面，重新做人。還有，如果你告訴我們寶藏在哪裡。」

列那做出考慮這個提議的樣子。「好，」他說：「如果國王答應原諒我所做的一切，那麼寶藏似乎是一個給國王的合理回禮。」

但是諾伯爾國王說：「我可不這麼想，而且我才不相信

寶藏的事！我怎能信任一個小偷、搶匪、天生的騙子？」

「不，國王，」王后說：「你要相信列那，也許他過去是無法令人信賴的，可是你難道沒聽到他怎麼當眾責罵自己的父親和姪子是叛國賊嗎？如果他還像以前那麼壞，他大可將他們的罪行推到別人身上。」

「王后，」諾伯爾國王說：「即使我會後悔，我還是願意接納妳的建議，並且去相信列那。但如果他又重蹈覆轍，他和他的後代子孫都得付出代價。」

列那鬆了一大口氣。「國王陛下，」他說：「我怎敢再令您的恩典蒙羞？」

諾伯爾國王拿起一根稻草，莊嚴的說：「我在此赦免你和你父親的所有罪過。」

列那的心臟砰砰跳，因為他逃過了死劫。「國王，」他說：「上帝會獎勵您給予我的榮耀和信任。您的榮耀太偉大了，我認為無人比您更有資格獲得寶藏。」

接著換列那拿起一根稻草，他說：「我在此將曾為艾蒙利克國王所有的寶藏進貢給您。」

諾伯爾國王接下了稻草，難掩心中歡欣之情。這傢伙讓我發大財啦！他想。一根稻草換一大筆財富。天底下還有比這更划算的事嗎？

「國王陛下，」列那說：「請仔細聽我說，在法蘭德斯地區的東部，有座叫做赫斯特羅的森林。森林的西南有口水井，克理肯畢井。那裡是這個王國中最廣大的蠻荒地帶之一，也是極度危險的地區。想到達水井處，花個半年以上的時間是稀鬆平常的。那裡住的都是一些陰鬱的貓頭鷹和奇怪的鳥類。那裡就是我的藏寶處。若我是您，我就自己和王后去，因為寶藏數量大到您無法信賴他人。」

「嗯，」諾伯爾國王說：「我了解。」

「水井旁邊有七棵小樺樹，最靠近水井的那棵樺樹下就
埋著寶藏：珠寶、首飾、寶石，應有盡有，還有艾蒙利克
國王最好的王冠。」

諾伯爾國王：「他最好的王冠？真的？」

列那點點頭。「等您取回寶藏吧！」他說：「到時您便
會經常說：『忠實的列那，我擁有的這美好一切都歸功於
你。願上帝保佑你！』」

「列那，」諾伯爾國王說：「如果我要去克理肯畢，我
想帶著你。沒有你我永遠找不到那個地方。」

列那皺皺眉頭，這完全不是他的本意！

「此外，」諾伯爾國王說：「有誰聽說過克理肯畢這地
方呢？巴黎、科隆我聽過，可是克理肯畢？我想你是騙我
的吧！」

列那臉一沉：「和巴黎、科隆沒關係。」他說：「您該
不會認為我會說出萊爾河*注入約旦河這種話吧？」

「這完全不會讓我感到意外。」諾伯爾國王說。

「庫瓦特！」列那大喊：「到這裡來！」

「我？」野兔庫瓦特問，對突然發生的事茫然不解，並
且懷疑自己是否做錯了什麼事，他的兩隻前腳顫慄著。

「你會冷嗎，庫瓦特？」列那嘲弄地笑問著：「你不必
怕我，更不必怕國王。」

「我……不怕。」庫瓦特說。

「你告訴國王克理肯畢是什麼。」

「克理肯畢？」庫瓦特驚訝地問道，但同時也鬆了一口
氣。「克理肯畢是什麼？不是赫斯特羅彎荒森林裡的一口

---

*譯註：萊爾河（Leie）於根特（Gent）和斯凱爾特河（Scheldt）
匯流後注入北海。

井嗎？我可以確定地說。飢餓！寒冷！怪獸！還有可怕的人類！克理肯畢……」庫瓦特悲傷地搖頭：「那還是在我和萊恩成為朋友之前的事。」

「喔，萊恩！」列那說：「真可惜他無法在這裡，那隻好狗。不然他就會在此以韻文形式告訴所有動物我是絕不可能做出冒犯國王的舉動。庫瓦特，快回到你的位子。國王知道了。」然後他對諾伯爾國王說：「我告訴您的是不是事實？」

「我很抱歉，列那，」諾伯爾國王說：「我剛才還懷疑你說的話。你願意同我前去那棵下方埋著寶藏的樺樹所在地嗎？」

「國王，」列那說：「和您一起前往克理肯畢我再樂意不過了，只求您不嫌我的陪伴讓您蒙羞。」

「我不會如此的，列那。」

「但我自己可是羞愧萬分。」列那說：「是這樣的，我要老實承認，伊森格倫進入修道院並剃髮為修士之後，他忍受著可怕的飢餓，他那時甚至餓得能吃掉六個神父。後來我實在看不下去，就協助他逃亡。自那時起，我就被逐出教會了。」

「被逐出教會？太慘了，列那！」

「我唯一的選擇，就是明天一大早啟程去羅馬。」列那說：「我會懇請教宗賜給我一張贖罪券，然後我會前往聖地。我必須懺悔夠了才回來見您。一位如您這般尊貴的國王，身旁伴隨著一個被逐出教會的人並不合適。」

「你被逐出教會很久了嗎，列那？」諾伯爾國王問。

「三年。」列那用一種悲傷的聲調說：「就從我說服伊森格倫把修士帽扔過圍籬，執事長海曼那追在我們後面那時開始。」

　　諾伯爾國王陷入沉思。「列那，」他經過一番深思熟慮之後說：「和一個被逐出教會的人一起去克理肯畢，的確不宜。我帶庫瓦特還是其他人去找寶藏好了。」

　　「我覺得庫瓦特是一個很好的人選，」列那說：「他很熟悉那一帶。」

　　「你先去羅馬吧，」諾伯爾國王說：「這樣才能重回教會。」

　　「我的心意已定，」列那說：「最遲明天我就離開。」

　　「上帝與你同行！」諾伯爾國王說。

　　但他的思緒馬上又回到艾蒙利克國王最好的王冠上。

列那踏上羅馬朝聖之旅
（他自己說的！）

布倫交出自己的一小塊背

伊森格倫和荷欣德
必須各脫下一雙鞋

諾伯爾爬上石製平台，那是朝廷舉行會議時他專屬的座位。所有的動物在草地上圍坐成一個大圓圈。

列那就坐在王后旁邊，對於王后，他懷有無限的感激之情。「王后，」他說：「我祈禱在我的贖罪之行過後，您能看見我健康歸來。」

「上帝是慈悲的，親愛的列那。」王后說：「而且寬恕是偉大的行爲。」

這時國王開口了：「朋友們！列那來到這裡，是想改過自新。我的妻子，也就是王后，對他曉以大義，所以我已和他建立起友誼並對他釋出善意。我賜予他和平，也希望你們加以尊重，對他的妻兒亦然，不論在何處。列那的過去已一筆勾消，我不想再聽到任何關於他的壞話。他打算明天一早啓程去羅馬和聖地贖罪。一直等到所有的罪孽都消除了，他才會回來。」

渡鴉提塞萊一聽到這項宣言，便即刻飛往在絞首架工作的三個夥伴那裡。「傻瓜！」他說：「你們還在這裡做什麼？國王和列那言歸於好了，列那現在可是國王跟前的大紅人。你們三個被出賣了！」

伊森格倫、布倫和提伯特，如同被閃電擊中般地瞪著提塞萊。

最後伊森格倫開口：「渡鴉先生，這不是眞的吧？」

伊森格倫和布倫當下便直奔朝廷。而提伯特則是怕得坐在絞首架上方發抖，因爲他怕自己小命不保。他的恐懼大到除了悲慘地坐在絞首架上大聲泣訴碰見列那這件倒霉事之外，他想不出其他更好的辦法。

說著說著，伊森格倫和布倫抵達了朝廷。伊森格倫便人剌剌地走到國王的面前，開始痛罵列那，直罵到國王再也聽不下去。「把這兩個叛國賊給我拿下！」

　　布倫和伊森格倫就這樣被抓了起來，他們的手腳被牢牢綑住，完全動彈不得。

　　列那嘗到了甜蜜的復仇滋味。看到諾伯爾國王的兩個朝臣像笨狗般被綁著，讓他痛快極了。

　　但是他還想給他們更大的羞辱。

　　因為沒有袋子，是無法去朝聖的，於是他便要求從布倫的背上剪下一塊一英尺見方大小的毛皮。

　　他說，他還需要鞋子，因為往羅馬的路上滿是扎腳的石頭。

　　他朝王后彎腰說：「王后，我是朝聖者！我叔叔伊森格倫擁有四隻結實的真狼皮鞋，讓他能夠毫不費力地走到羅馬。可是我才是那個要去羅馬的人。如果他能夠脫下兩隻鞋子給我，我就可在整個旅途中全心禱告。還有荷欣德嬸嬸也可以脫下兩隻鞋子給我，您說是不是？」

　　「去羅馬是一趟艱辛的旅程，」王后說：「而且朝聖者需要好鞋子，所以伊森格倫和荷欣德必須各自脫下一雙鞋給列那，」

　　於是伊森格倫的鞋馬上被脫下。他兩隻前腳的爪子和膝蓋以下的毛皮都被扯掉。那過程既血腥又疼痛，伊森格倫發出殺豬似的慘叫。接著荷欣德躺在草地上，她兩隻後腳的爪子和毛皮也被扯下。

　　列那心下大快，但是他仍裝出無限同情的樣子說：「嬸嬸，我常常讓妳難過，真是抱歉。但我也是情非得已，而且，在所有的阿姨伯母嬸嬸中，我一向覺得妳最好。我將心懷榮耀地穿著妳的鞋到羅馬去，妳必定能分享我希望獲得的寬恕。」

　　荷欣德痛得幾乎說不出話。「列那，」她呻吟：「上帝會讓我為我的鞋子和我的痛苦復仇。」

伊森格倫沉默不語，緊咬著牙，就像布倫一樣。他們默默忍受著痛苦，眼眶含著憤怒、痛楚和羞恥的淚水。

翌日一大清早，在太陽尚未出來之前，列那穿上了狼皮鞋，向國王和王后提出請求。

「願上帝賜您美好的一天，國王陛下。還有您也是，王后。」他說：「我是您的僕人，已經準備好要出發了。您能給我我的袋子和一根朝聖手杖嗎？」

諾伯爾國王立刻令宮廷牧師公羊貝萊前來。

「為這位朝聖者念一段禱文，並且給他他的朝聖手杖和袋子。」

「陛下，」貝萊驚愕地說：「我不能這麼做！」

「為什麼不行？」

「列那自己不是說了他被逐出教會？」

「那又如何？」國王尖銳地問：「佑福特大師自己不也曾教導我們說，如果有人為自己的罪惡懺悔，並且前往聖地，代表他良知未泯，那麼他便可除去罪惡。」

「我不敢。」貝萊說：「如果讓主教和執事長聽說了我為一個被逐出教會的人祈福，他們會怎麼說？」

「隨他們去說吧。」國王說：「我是國王。你是想被吊死，還是要我再說一次？」

貝萊發覺國王不是在開玩笑，大受驚嚇。

他將聖壇備妥，開始祈禱。當他念完日課後，他將用布倫的毛皮做的袋子掛在列那脖子上並給他朝聖手杖。

列那準備出發了。大顆淚珠順著他的臉頰滾落，彷彿他必須離開的這件事，令他痛苦不堪。其實他掉淚是因為自己只整到布倫和伊森格倫兩人。「請大家為我祈禱，」他啜泣著，「正如同我為您們祈禱一樣！」他私下想：「在

我玩得太過火、伎倆被拆穿之前，我得設法逃離這裡！」

「很遺憾你要趕著離開，列那。」國王說。

「國王，時間並不重要。在您的恩許及告別祝福下，我現在很樂於離開。」

「上帝與你同在。」國王說，並下令全朝廷的人歡送列那，當然，除了布倫和伊森格倫之外。

朝聖者列那的離開是個極其怪異的景象。即使是最鬱鬱寡歡的人看到那情景都會噴咪大笑。

列那背著新袋子，拿著莊嚴的朝聖手杖，穿著美麗的鞋子，十分謙卑地邁步前行。但他禁不住暗笑那支跟隨在他身後的傻瓜隊伍，就在昨天他們還恨不得剝他的皮哩！

過了不久他說：「國王，現在讓我自己走吧。我覺得您回朝比較妥當，否則那兩個惡徒可能會逃跑。這不該發生在您最好的日子裡，所以請您堅強，讓我走吧！」

「你說的對。」國王說。

列那以後腳站立，向所有動物保證他會一直心繫大家並為他們祈禱。所有動物也回答他們會為列那祈禱。

道別的場面感人至深，許多人忍不住熱淚盈眶。

接著，列那對野兔庫瓦特說：「我的庫瓦特，道別令我難過。你能不能和我的朋友宮廷牧師公羊貝萊，一塊兒陪我走一段路？你們兩位從不找我麻煩。你們天性善良，行事正直。」

庫瓦特和貝萊兩人對望一眼，然後說：「好，列那，我們陪你走一段路。」

列那引誘
野兔庫瓦特和公羊貝萊
去馬佩土斯

謀殺庫瓦特

一封給諾伯爾國王的怪信

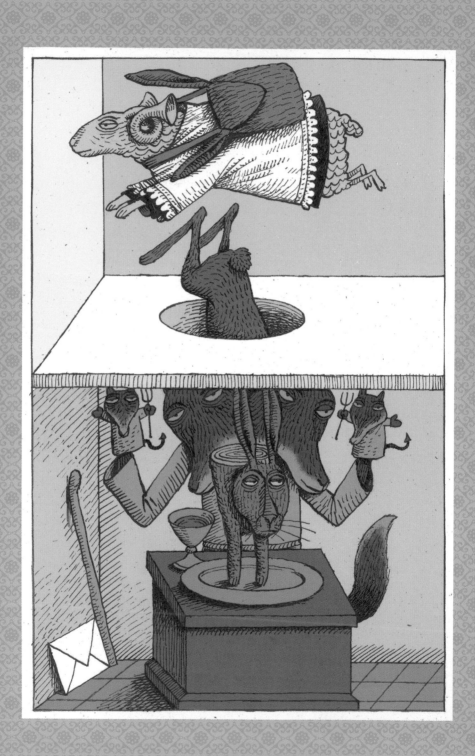

在虔誠的氣氛中，庫瓦特、列那和貝萊一行三人繼續前行。

直到他們走到馬佩土斯門前。

「貝萊，」列那說：「你在這等會兒好嗎？我要和妻兒道別，我想庫瓦特隨我進去安慰一下海莫萊妮比較好。」

「這樣很好，」貝萊說，因為他是好心腸的人。「這次旅行也不是件小事，說不定你得離家好幾年。」

「所以囉，」列那說：「就是這樣！不過庫瓦特一定曉得該說什麼話。」

「我就在這裡等著。」貝萊說。

於是庫瓦特就這麼走進了狐狸洞，渾然不覺厄運即將降臨自身。進了洞裡，他們看見了海莫萊妮和小狐狸們。小狐狸們看到父親走進來，頓時鬆了一口氣，因為他們以為列那被吊死了。

感人的團圓時刻過後，海莫萊妮望著列那的袋子和朝聖手杖驚訝叫道：「列那，你的打扮好奇怪！你是逃出來的嗎？」

「我現在是個朝聖者了。」列那說：「布倫先生和伊森格倫先生因為我而被扣留當人質，為了我這次旅行，他們每人還犧牲了自己一塊毛皮。國王為了表示和解，將庫瓦特賜給我們，我們可以任意處置他，因為他是第一個在朝廷控訴妳我的人。」

「這可不太好，庫瓦特。」海莫萊妮說。

「是不太好。」列那說：「他要倒大楣了，因為我不只傷心，也非常生氣，庫瓦特！」

庫瓦特發現自己中了危險的圈套，想要逃跑，但為時已晚。列那以迅雷不及掩耳的速度，擋住了他的路，並揪住他的脖子。

「貝萊！」庫瓦特慘叫：「救命啊！這個朝聖者要咬死我了！」

那是他最後的話語，列那毫不留情地咬斷了他的喉嚨。

「來吧，」列那說：「準備吃飯，我們今天吃野兔！」

海莫萊妮和小狐狸們迅速禱告完畢，全家隨即吃下庫瓦特的肉，喝乾庫瓦特的血。

「諾伯爾是個好國王，」海莫萊妮說：「他賜給我們的孩子們這麼豐盛的一餐。」

「他當然樂於這麼做，」列那說：「如果他有時間，他還會給我們不值七塊金幣的東西。」

「那是什麼？」海莫萊妮說。

「一條繩子，一根棍子和兩根柱子。」列那說。

「別說得這麼嚇人。」海莫萊妮回答。

「我們不能坐以待斃。」列那說。

「那我們該怎麼辦？」

「我們要離開這裡。」列那說：「我曉得一個長滿樹籬和灌木叢的荒野區，那裡有數不清的雞和鷓鴣和各式鳥禽類。如果妳願意，在別人找到我們之前，我們全家可以在那裡住上七年。」

「可是列那！你現在拿著朝聖者的袋子和手杖。你應該要去羅馬和聖地。你發過誓！」

「發過的誓愈多，失去的也愈多！」列那說：「而且勉強說出的誓言不算數。」

「不算嗎？」海莫萊妮遲疑地問。

「不算，」列那說：「況且我朝不朝聖反正都沒差，因為我答應要給國王一份根本不存在的寶藏！如果他發現真相，肯定會暴跳如雷。所以我還是設法躲藏起來的好。我已經受夠了長期活在恐懼中的滋味！」

「我認爲逃跑不是個好主意。」海莫萊妮說。「我們逃不出諾伯爾的手掌心的。如果他想要找我們，絕不會找不到，不管是現在、還是七年後，到時你可不會再以這個堅固、隱密的馬佩土斯巢穴爲傲。」

列那沉默良久。

「妳說得沒錯，」最後他說：「狐狸是不逃跑的。」

「不會因爲一隻獅子。」海莫萊妮說。

「更不會因爲一千隻獅子。」列那說。

「這才是我所認識的列那。」海莫萊妮回答。

他們在狐狸洞內進行對話的同時，一直在外面等候的公羊貝萊愈來愈不安，因爲庫瓦特進去太久了。最後貝萊按捺不住，開口大喊：「庫瓦特，那裡頭怎麼樣？你該不會想在列那家住下來吧？」

列那走出來，輕聲地說：「朋友，安靜點！庫瓦特和我們還有些話要說。他說如果你覺得等太久，最好先走。他還想再留一會兒，因爲我太太和兒子們現在非常激動。你應該能理解吧？」

「列那，你對庫瓦特做了什麼？我在這聽到他尖叫！」

「是這樣的，」列那說：「我們一走進屋裡，海莫萊妮聽我說要到羅馬以及更遠的地方，當場就暈了過去。庫瓦特以爲他親愛的嬸嬸死了，所以大叫起來。」

「眞嚇人！」貝萊說：「我還以爲他翹辮子了。」

「你怎麼會這麼想？」列那問。「我寧可遭遇不測的是我或我的家人，也不是我親愛的姪子庫瓦特。貝萊，你昨天不是聽到我答應國王在我出發前寫一封信嗎？」

「我沒聽到。」貝萊照實說。

「信寫好了。」列那說：「你能幫我送信嗎？」

66

「我很樂意。」貝萊說：「那信要放哪兒呢？」

「我的朝聖袋是我唯一所有。」列那猶豫地說：「不過我寧可想念它，也不想讓這封信留在這裡。國王會很感謝你的。」

宮廷牧師公羊貝萊喜不自勝。

「你在這裡等一下。」列那說。他走進洞裡，拿了朝聖袋出來，裡面裝著庫瓦特的頭。那是那隻不幸的野兔在狐狸全家狼吞虎嚥之後僅存的部分。（雖說人盡皆知從野兔頭能嚐出七種不同的滋味。）

列那鄭重地將袋子掛在貝萊的脖子上並說：「只有國王可以看這封信，貝萊。你記住了嗎？」

「你可以信任我，列那。」貝萊說，他因自己被賦予重任而興奮異常。

「如果我是你，我會告訴國王這封信是你代筆的。」列那狡猾地說道：「大家必定會對你的文采和用字的精準讚嘆不已。」

「我會這麼做的。」貝萊眨眨眼說：「庫瓦特要跟我去嗎，列那？」

「不用了，」列那說：「你先走吧！他會追上你的。我還有些重要的事要和庫瓦特談。」

「好。」貝萊說：「祝你一切順利，列那！」然後他便心懷善意地上路了，背上的袋子微微擺動著。

列那回到洞裡，一心等著好戲上演。

豹菲拉培的調解

貝萊被處死

布倫和伊森格倫重獲名譽

公羊貝萊迫不及待地直奔朝廷。他跑得很快，午後不久即已抵達。

國王一眼就看到朝聖袋，他問：「貝萊先生，你打哪兒來？為什麼你背著列那的朝聖袋？」

「國王陛下，」貝萊說，「列那在臨行前託我送一封信給你。不過他只有朝聖袋可放信。國王，這封信是我代寫的。不論對我是好是壞，它反正是依我的意思寫成的。」

「將信交給我的書記——柏沙德，」國王說，「他會讀信。」

柏沙德接過貝萊的朝聖袋，接著，在所有在場者的驚視之下，他拿出了庫瓦特的頭。「上帝啊！」他說，「像這樣怪異的信我從來沒看過！這是庫瓦特的頭啊！國王，您真不該如此信任列那！」

國王大受打擊地盯著庫瓦特的頭，久久不發一言。最後他發出可怕的怒吼，所有的動物被嚇得不敢動彈。

豹菲拉培是第一隻回神過來的動物。「國王陛下，」他說，「為什麼您要如此大發雷霆？聽起來好像王后撒手人寰了。請您恢復理智！」

「菲拉培先生，」諾伯爾說，「我恨我自己，因為我被那個天殺的賤人，用這種前所未聞的駭人方式給愚弄了。我失去了名譽，也讓布倫和伊森格倫的名譽受損。我乾脆死了算了。」

「亡羊補牢，為時未晚。」菲拉培說，「我們必須盡快請布倫和伊森格倫來這裡，還有荷欣德。這一切全是公羊貝萊的錯！他不顧庫瓦特的死活。在貝萊得到應有的懲辦之後，我們必須抓住列那並立即將他送上絞首架。無需理由，無需藉口，也無需受審或留情！」

「若能如此，」諾伯爾國王沮喪地說，「也許多少能減

輕我的傷痛。」

「該先做的事得先做。」菲拉培果斷地說。他走到布倫和伊森格倫被囚禁之處，解開他們的枷鎖，然後說：「我帶來和平及國王謙卑的問候給您們。國王對於所發生的事甚感遺憾。為了表達他的歉疚之意，他將貝萊以及他整個家族賜給您們，從今天起直到永遠。所以去把他們吞下肚吧！一塊肉接著一塊肉，不必留情。此外從現在開始，列那和所有其他狐狸被判終生放逐。國王給予您他的信任與和平。接受它，您便永遠不會再遭遇任何不幸。」

「你覺得如何，布倫？」伊森格倫問。

「怎樣都比被捆在這裡任人宰割，把我做成更多袋子來得好。」布倫說。

於是他們和菲拉培一起去見諾伯爾國王。

他們接受了和平。

穴兔拉貝爾遇見一個
奇怪的朝聖者

塞佩內柏被謀殺

諾伯爾國王威脅
要前去馬佩土斯

再度對何林貝特懺悔

諾伯爾國王對菲拉培所提的和平方案甚為滿意。貝萊必須以死謝罪，而且從今以後，他的子孫世世代代都要遭伊森格倫的子孫無情的追捕。

雖然如此，貝萊的慘死並未掃了大家的興。

為了要慶祝布倫和伊森格倫重獲榮譽，朝廷的聚會延長為十二天。慶祝活動日以繼夜地進行著，人人隨著音樂載歌載舞，享用豐富的饗宴，所有動物皆盡情享樂，就連何林貝特也回到朝中。

當然，只有列那缺席。

慶祝會進行了八天之後，穴兔拉貝爾來到朝廷。他的模樣狼狽不堪。

「國王陛下，」他說，「我很遺憾破壞了大家狂歡的興致，可是您瞧瞧列那怎麼對我的！」

「拉貝爾先生，發生了什麼事？」諾伯爾國王問。

「昨天早上我經過馬佩土斯。我以為自己可以放心走過去，因為不是說列那已經前往羅馬請求贖罪券了嗎？」

「是這樣沒錯。」國王咬著牙說。

「非也。」拉貝爾說，「他坐在自家門口，身上穿著朝聖服。他一看見我便站了起來，邊禱告邊朝我走來。我毫無危機意識，他一走近，便突然脫下毛手套，用爪子重重地打我的頭！幸虧我個頭小，速度快。我拼命反抗以保住小命，鮮血流進我的眼睛裡，在打鬥中我還失去了一隻耳朵。國王陛下，您的和平已遭破壞！只要那畜生還繼續住在那裡，沒人會安心的！」

拉貝爾話還沒說完，烏鴉柯寶特已站到國王面前。「國王陛下，」他說，「實在太可怕了！今天早上我和我太太塞佩內柏飛進田裡，突然看到列那躺在那裡。他的舌頭伸在嘴巴外面，眼睛直楞楞地睜著。我和塞佩內柏感到很難

過。我們飛近他，試著碰醒他，但他已沒了生命跡象。塞佩內柏湊近他的鼻嘴處，想看看他是否還有呼吸。哪料到他猛然跳起，一口就咬斷了塞佩內柏的頭。我自己也差點送命。我只能在一棵高高的樹上眼睜睜地看著我可憐的太太被那惡毒的殺人犯吃掉。只剩下幾根羽毛！」

柯寶特費了很大的勁才勉強能夠自持，因為他實在忍不住內心的悲痛。

「國王，」他說，「我要復仇。一個坐視和平遭嚴重破壞的君主，他的王位將岌岌可危！」

拉貝爾和柯寶特的事讓諾伯爾國王大為震怒，他氣得發抖：「我以全部的所愛發誓，我的王位、我的榮譽和我對王后的忠貞，我一定為你們復仇！我過度輕信這邪惡的朝聖者，這口蜜腹劍的無恥殺人犯！這都是王后的錯。她替列那求情。所以最好別聽女人的話，更別聽狐狸的話。」

這番話聽在布倫和伊森格倫耳裡有如樂音。他們和列那算帳的時候快到了：朝聖袋、鞋子，還有其他的一切。但他們像其他人一樣，理智地保持沉默，因為諾伯爾國王正處於盛怒之中。

王后是在場第一個膽敢啓口說話的人。「陛下，」她說道，「對於他人說的話，您不能夠全信，也不能夠輕率地評斷一個人。有指控、就有反駁，被控訴者必須有為自己辯護的機會。我也是為了陛下著想才會相信列那。列那是個惡人也好，是個朝聖者也好，他總還是個明理、出身高貴的人。千萬別急著下定論，因為倉促行事容易誤事。而且在您的威權下，他終歸是逃不掉的。」

「王后說的對。」菲拉培說，「我們不可逾越法律。列那必須依照規定被傳訊並接受審判。只有在他不出席的情

況下，我們才能以缺席審判的方式來定他的罪。」

「我想，我們都一致同意菲拉培的建議。」伊森格倫說道，「如果對於拉貝爾和柯寶特的指控，列那還有辦法脫罪的話，我自有其他辦法對付他，不過要他在場，我才能和他當面對質。更惡劣的是，他還欺騙國王。有人聽過比克理肯畢的寶藏更大的謊言嗎？」

「他有六天的時間現身朝廷。」諾伯爾國王說，「如果他不來，那我就去馬佩土斯！」

獾何林貝特以極度複雜的心情，將這整場辯論從頭聽到尾。他的確能體會布倫和伊森格倫對列那的恨意，可是列那畢竟是他的叔叔。因此他絲毫不敢遲疑，立即傾全力衝往馬佩土斯。

列那坐在自家門口，心情好極了。他剛剛才宰了兩隻幼鴿，正在細細品嚐美食。

「何林貝特，」他驚訝地說，「你滿頭大汗呢！到底怎麼回事？」

「列那叔！」何林貝特氣急敗壞地說：「你慘了！如果你六天內沒現身朝廷，國王就要率領軍隊來馬佩土斯。柯寶特和拉貝爾對你提出嚴厲的控訴，而伊森格倫和布倫現在是國王最重要的大臣了。」

「喔，我的好姪兒，」列那說，「讓你擔心了！你想吃小鴿子嗎？這肉鮮嫩多汁、入口即化。進來吧！我們一起吃。不過別跟海莫萊妮說什麼，她的煩惱已經夠多了。」

「你會去朝廷嗎，列那叔？」

「明天。」列那說，「我還要和一些人算帳呢，等著瞧吧！」

他們走進洞裡，海莫萊妮和小狐狸們在裡面。何林貝特

誠心地問候三人。

「他們是不是很可愛？」列那驕傲地說，「他們就像他們的母親一樣漂亮，像他們的父親一樣機靈。羅瑟爾剛殺死他的第一隻雞，列那帝尼游泳游得和水獺一樣好，而且是獵小鴨的高手。」

「他們確實值得你驕傲。」何林貝特說，「也值得嬸嬸驕傲。」

「已經很晚了，」列那說，「何林貝特，你走了那麼久的路，要不要睡了？」

「好。」何林貝特說，因為他快累昏了。

他躺下睡覺，狐狸全家也跟著去睡覺。只有列那沒閉上眼睛。他憂心忡忡，徹夜苦思該如何應對。

在晨曦中，何林貝特和列那備妥一切，即將上路。

「海莫萊妮，我得和何林貝特一起去一趟朝廷。」列那說，「妳不必擔心，沒事的。妳好好在家照顧孩子吧！」

「我不喜歡見你去朝廷。」海莫萊妮說，「上次他們差點把你吊死！」

「沒什麼好擔心的，」列那說，「我幾天就回來了，我答應妳！」

說完他和何林貝特便出發了。

當他們到達一處田野時，列那說：「姪兒，我上次對你懺悔後，我又犯錯了。我讓人用布倫的毛皮做朝聖袋，並迫使伊森格倫和荷欣德脫下他們的狼皮鞋子。我騙國王艾蒙利克國王的神奇寶藏埋在克理肯畢，其實那根本是子虛烏有。我咬斷庫瓦特的喉嚨，並要貝萊把庫瓦特的頭帶給國王。我欺凌拉貝爾還吃掉柯寶特的太太。是的，那些全都是我做的。我上次懺悔時，還忘了提到我怎麼作弄伊

森格倫。有一回我們走在宏霍斯和艾佛丁之間，看到一匹紅色母馬和一匹黑色小馬在跑著。那匹小馬看起來十分可口，伊森格倫照例又飢腸轆轆了。他要我去問問那匹小馬的價格。我走到母馬那裡，她說小馬的價格就寫在她右後腳上頭。當下我便理解了她的意思並告訴她我是文盲，不過伊森格倫識字。當伊森格倫要看價格時，母馬便狠狠地朝他的頭踢下去。那一下踢得可不輕！我還以為他的頭骨碎裂，當場魂歸西天了。他流血如泉湧，等他回過神，母馬早已不見蹤影了。」

「當然如此。」何林貝特嚴肅地說。

「姪子，把這些事情全都說出來讓我如釋重負。」列那說，「請你懲罰我並赦免我的罪惡，好讓我帶著潔淨的靈魂上朝廷去。」

「殺人是嚴重的罪惡，」何林貝特說，「但是這段等候時間的內心煎熬，對你已是足夠的懲罰。殺死塞佩內柏非常不應該，但是他們最不能饒恕你的就是庫瓦特的頭以及關於艾蒙利克國王寶藏的謊言。」

「你知道嗎，何林貝特？」列那語氣誠懇地說，「在我心靈最深處，我是個隱士。當我獨處時，我能夠輕易地去尋求事實並和它共處。但這個世界卻非如此，沒有人會說出自己真正的想法。如果你這麼做，他們會生氣或把你當白痴看。你說是不是這樣？這個世界的人彼此欺騙，而其中最高明的騙徒就在朝廷裡！不會說謊、不懂得阿諛諂媚的人是當不了國王的寵臣的。說實話並不難，每個人都辦得到，但是事實通常很無趣。謊言能吸引人，而且經常比事實來得動聽。善於顛倒是非的人還會受那些遭他愚弄的人所崇拜。從國王開始的所有人皆是如此。或許，國王是唯一一個可以隨時隨地說實話的人。可是要如何變成國王

呢，何林貝特？」

「我不知道。」何林貝特說，他覺得談話的內容太過沉重了。

「通往王位的路是用謊言鋪成的，」列那說：「我很確定。」

何林貝特和列那就這麼邊走邊說著走向朝廷。但隨著朝廷愈來愈近，兩人的話也愈來愈少。

列那心中極端恐懼，表面上卻一派氣定神閒。他自信而從容地從聚集在朝廷上的尊貴女士先生們身旁走過，何林貝特不像國王的使者，倒像個貼身侍衛般走在列那旁邊。

「列那叔，」何林貝特說，「堅強些！害怕是無濟於事的。」

「你說的沒錯，姪子。」列那說，「我很感激你，何林貝特。」

「慈善始於家。」何林貝特說。

然後列那便站在國王面前，大膽地環視眾人。現場有許多動物，其中也有列那的遠親和近親，全都恨不得立刻把他吊死，而且他們都有充分的理由。但也有動物朝列那微笑或對他鼓勵性地眨眨眼睛，這給了他勇氣。

列那跪在諾伯爾國王面前說道：「主宰萬物的上帝之和平與我的國王和王后同在。願上帝讓您在合理及不合理的事物之間做出正確的判斷。對許多人而言，想和說，是兩回事。假使每人腦中所想的事都被寫出來，這個世界可就完全兩樣了。喔，國王陛下！真希望您能夠曉得我所知道的事！我一直是您忠實的僕人，但這卻讓我成了一些大臣們的眼中釘。請別聽他們的話，國王陛下！我所求的無非是公平和真相。」

眾人靜默不語，列那這一長串大膽的言詞，讓他們全都啞然錯愕。

「列那，」國王說，「你可真是舌粲蓮花啊！不過這些花言巧語橫豎也救不了你！你逃不掉應得的懲罰！忠實的僕人？哼！去問問拉貝爾，去問問柯寶特！」

「國王陛下，請讓我說完！在尚未確實聽完一個人的辯

解前不能任意下評斷的，不是嗎？這裡有人想要剝掉我的皮，其中包括我的親戚在內。但沒人想在我說話之前便懲罰我。再說如果我不是問心無愧，我怎麼敢就這樣出現在我的敵人面前？我乾脆安安穩穩躲在馬佩土斯好了。」

「那拉貝爾的事你怎麼解釋？」國王問。

「我不明白穴兔先生要控訴我什麼。」列那說，「昨天早上他經過馬佩土斯。當時我正開始做日課，因爲隱士總是忙著禱告。拉貝爾問我有沒有東西可吃。因爲那天是星期三，而我又吃素，我就給他一片加了奶油的煎餅。在齋戒日裡這算豐盛了。拉貝爾吃得肚子圓鼓鼓，只留下一小塊煎餅。我兒子羅瑟爾想吃掉那一小塊煎餅，拉貝爾卻狠狠地打他的鼻嘴，打得他昏過去。我的大兒子列那帝尼過來想幫他弟弟，並生氣地揪住拉貝爾。如果不是我拉開他們倆，我兒子肯定把拉貝爾碎屍萬段。我救了拉貝爾的命，他卻在這控訴我要謀殺他。然後柯寶特飛了過來，太太的死嚇壞他了，他太太吃了太多腐肉上的蛆，結果卻給噎死了。我那可能捉到烏鴉？烏鴉會飛，狐狸可不會！」

「爲什麼你沒去羅馬？」諾伯爾國王又問。

「關於此事，我和我堂哥：猴子梅坦談了很久。」列那說，「他是一個了不起的法律學者，他自願前往羅馬去爲我辯護。他認爲出席這次集會對我很重要。所以我現在站在這裡。如果還有人要控訴我，現在可以說。」

沒人說話。

拉貝爾和柯寶特完全不敢開口。他們悄悄地溜走，當他們走進田野後，便開始互相埋怨對方的無能。只有列那和他們曉得事情的真相，可是他們該如何嚴厲地提出控訴？

「還有人要控訴列那嗎？」諾伯爾國王問。「昨天還有很多人要控訴他，現在大家倒不講話了。」

「一向如此。」列那說,「在背後不斷中傷毀謗,可是當面又不敢講!拉貝爾和柯寶特已經溜走了。如果所有其他的騙子也逃掉,我們就可以坐下來玩牌啦!」

「你似乎很鎮定嘛,列那。」國王說,「我們來談談你請公羊貝萊帶來的那封放在朝聖袋裡的恐怖信。」

列那一時間冷汗直流。這是最棘手的一件事,他的臉變得蒼白,他無助地看看四周,但沒人作聲。

「怎麼了,殺人的惡棍?你的舌頭掉了?」

列那一時語塞,只能大聲喟嘆。布倫和伊森格倫幸災樂禍地看著列那的困窘模樣,放聲大笑起來。

母猴露肯瑙忍不住出聲替列那抱不平。露肯瑙是列那的伯母,德高望重,王后也很尊敬她。必要時露肯瑙會挺身而出,就像現在這個艱難的時刻。

「國王,」她堅定地說,「不要在憤怒時說未經證實的話語,這和您高尚的內心不符。我是法律專家,比誰都清楚這種案子該如何處理。法律適用於每個人,未經合法審判前,任何人都不該被判有罪。任何懂得自省的人都該同情列那。從別人身上可以看見自己,誰是沒有罪的,誰就可以先拿石頭扔他!人非聖賢、孰能無過,不怕犯錯,只怕不懺悔。列那目前處境艱難。從前他的父親及祖父在朝廷中所享有的崇高地位,遠遠勝於布倫和伊森格倫。在這裡,我覺得事實被蒙蔽,謊言卻得勢了。」

「露肯瑙女士,」國王說,「是列那破壞了和平。每個人都控訴他,沒有人站在他那邊,就連他自己的親戚也不例外。」

「可是我支持他。」露肯瑙說。

「如果妳認爲他是這樣一個好人,」國王說,「那妳去替他蓋間廟,供列那的信徒們禮讚膜拜。我想他一定會有

很多信徒。」

「我喜歡他，並且欣賞他的智慧。」露肯瑙並不因國王的嘲諷而動氣，「您經常聽取列那的意見，並借重他的長才。您和在場的每一個人都很清楚列那擁有的能力是布倫和伊森格倫想要卻得不到的。那頭熊和那隻狼既貪婪又自大，要別人替他們冒險犯難，踩著別人往上爬。列那不求回報地貢獻自己的智慧給您和其他人。他的許多親戚對他感激不已，卻不敢替他講話。但是我敢！」

露肯瑙叫喚她的孩子們，他們走了過來，站在母親的身旁。接下來又陸續有更多動物加入他們。

玀何林貝特和他的太太史魯珮卡德。

松鼠、黃鼠狼、石貂和黃喉貂。

海狸和他太太伍德嘉樂。

雪貂、臭鼬、水獺和他太太潘特克蘿德。

超過二十隻動物圍著露肯瑙站著。露肯瑙驕傲地說道：「陛下，這裡全都是列那的親戚。您智慧與權勢兼具，理當不會漠視我們和列那的友誼。我們要求合法的判決。」

「列那會合法受審的，露肯瑙女士。」王后說，「昨天我也是這麼說，可是那時國王在盛怒中失去理智了。」

豹菲拉培說：「國王，您必須進行公平的審判。您必須聆聽各方的供詞，不攙入個人的情感。」

「我那時氣壞了，」國王說，「因庫瓦特死於非命，我非將凶手繩之以法不可。基於列那的親人之請，我會聽列那辯解。如果他能夠駁斥指控，便能重獲自由。」

對於伯母的力挺，列那銘感五內。她這一插手給了列那勇氣，也給了他所需的拖延時間。

「國王！」列那大驚失色，「您說什麼？可憐的庫瓦特死了？那公羊貝萊呢？我沒看到他！他沒將三件寶物交給

您嗎？」

「三件寶物？」諾伯爾國王大感意外。

「一件給您，另外兩件是給王后的。」列那說，「我把它們放在朝聖袋裡。」

「朝聖袋裡只有庫瓦特的頭。」國王說，「貝萊那個壞蛋，說什麼袋裡是一封他代你寫的信。真不錯的信啊！我當場就把他處死。」

「可是陛下，」列那吃驚地說，「那三件寶物不應該就這麼不見的！要真是這樣的話，那我也沒臉回去見海莫萊妮了。她覺得我不該相信貝萊。」

「你放心，列那，」露肯瑠說，「那些珠寶很快就會被找回來，我們會找到小偷，查明一切。」

「誰一旦擁有了它們，便不願再放手了。」列那悲傷地說，「那是給王室的禮物，伯母，毋庸置疑。在沒找回它們之前我是無法安心的。就算找遍全世界，賠上我的性命我都願意。」

「說說看那三件寶物是什麼樣子。」露肯瑠說。

「噢！」列那說，「我先從戒指開始好了。它以上好黃金製成，內圍有藍黑琺瑯彩刻字。那是希伯來文，我請教過特里爾的偉大學者阿布利翁，刻文的意思是使戴戒者免於受難受寒的三個保護人的名字。戒指上頭鑲有一顆綻放三種神奇色彩的奇石。紅色的部分亮眼如火燄，照亮了黑暗，將夜晚化為白晝。第二種顏色能治癒身體任何部位的疾病。第三種是攙雜著紫點的綠色，使戴戒者所向無敵並為人所愛。」

諾伯爾國王驚訝得呆立不動。

「你從哪裡得來的戒指？」王后問。

「它和一把梳子及一面鏡子全出自我父親的寶藏。」列

那說。「那是我們唯一取走的東西，因爲海莫萊妮非常喜歡它們。不過就算我自己也沒戴過那戒指。我認爲那只屬於國王一人。鏡子我想送給王后，一直以來，她都願意和我維持偉大的友誼關係。那把梳子我也準備送給王后，它是以一種豹的肩胛骨製成，這種漂亮稀有的豹種棲息於印度和『人間天堂』之間的地區。那把梳子做工精緻，而且永不斷裂，齒梳之間有純金雕刻的希拉、維納斯和雅典娜的精彩故事。」

「那麼鏡子呢？」王后問。

「喔，對了！」列那說，「那面鏡子可能是三件寶物中最美的一件。鏡框是由細緻珍貴的木材製成，鏡面要比水晶還明亮。誰朝裡面看，所有的眼疾和其他顏面瑕疵如盲眼、雀斑、斑塊等均會立刻不藥而癒。更重要的是，那面鏡子還是一扇眞正的世界之窗！你能在其中看到任何地方發生的所有事情，無論遠近！木製鏡框上有許多以六種徽章顏色描繪的故事。我無法一次將它們全部講完。」

「你就講一個來聽吧！」王后說。

「這是一個關於我父親和貓提伯特的悲慘故事。」列那說，「他們倆曾立誓對彼此忠實、共享一切。有回他們被一隊騎著馬的獵人和一大群狗追捕，必須設法逃命。

『列那，』提伯特說：『我們該怎麼辦？』

『妙計難尋，』我父親說，『但是我們不要分頭逃跑就不會有事。』

提伯特說：『有件事得先做。』

他爬上一棵高大的樹，讓狗追不到他。他不僅丟下我父親不管，還嘲諷地說道：『你的妙計呢？你不是足智多謀嗎，狐狸兄？自求多福吧！』我父親必須獨自逃亡，幸虧他找到一個洞躲起來，讓他逃過一劫。您曉得忠實對某些

人所代表的意義！我會因此恨提伯特嗎？不會，那會干擾我靈魂的寧靜，不過如果他出了什麼事，我是不會替他感到悲哀的。」

「我能理解，列那。」王后說。

「上面也有狼的故事。」列那說，「也不是個令人開心的故事。有一次，伊森格倫穿過一片荒無人居的地區，看到了一副肉被啃光的馬骨頭。他餓壞了，於是就開始啃骨頭吃。他吃得太急，結果被一塊骨頭卡住喉嚨。他痛得個半死，跑遍了城市鄉村找人幫忙。最後他碰見了一隻灰鶴，他請求灰鶴用他的長喙拿出骨頭，並允諾回以豐厚的報酬。灰鶴相信了他的話，於是將長喙伸入伊森格倫的喉嚨深處並取出骨頭。

『唉呀！』伊森格倫說：『你這笨蛋弄得我好痛！這次暫時原諒你。快給我滾！』

『我的酬勞呢，伊森格倫？』灰鶴問。

『我沒有一口咬斷你的頭，你就該偷笑了！』伊森格倫說：『要說有誰該得到酬勞的話嘛，那個人就是我。』

您瞧，壞蛋如何對待幫忙他的人！壞蛋得勢後，正義就消失了，法律形同虛設。指責別人的人必須自己無罪。」

列那看看四周，「那真的是一面漂亮的鏡子啊！」列那說，「我那兩個兒子愛死它了。我在那麼遠的地方，哪料得到庫瓦特被死亡陰影籠罩著，我那時還將那三件特別的寶物託付給他和貝萊呢。在我目送著他們愉快地離去之後，他們究竟遇到了什麼事呢？我再也不可能交到比公羊貝萊和野兔庫瓦特更好的朋友了。如果這裡有人曉得庫瓦特是怎麼死的，請說出來。還是說是非黑白又要被顛倒混淆了？更糟糕的是，國王對我和我父親，只剩下負面的評價！陛下，您忘記有次我父親來此？那時老國王還在世並

身患重病。當時我父親剛在蒙佩利耶大學修習完四年醫學課程。他善於驗尿並精通草藥。他所學之精湛足以讓他穿金戴銀。他被帶到您生病的父王床前，沒人比我父親更愛老國王了，老國王也很信任他。但現在則是邪惡當道，因為國王被佞臣圍繞。當時我父親驗了老國王的尿後說，只有吃下一塊七歲狼的肝才能痊癒。伊森格倫站在一旁看著，悶不吭聲。

這時您父親說話了：『伊森格倫，你沒聽到列那老師說的話嗎？』

但伊森格倫回答：『陛下，我只有五歲，我媽說的。』

他說謊時連個眉頭都不皺一下的。

我父親不上當，他說：『把他剖開！我馬上就能從他的肝看出他幾歲。』

因此伊森格倫不得不交出他的肝，老國王的病很快就痊癒了。您父親下令自此之後尊稱我父親老列那為大師，而且隨侍老國王身邊，不離左右。然而，狐狸家族的輝煌時代顯然已成了過去式。智慧蕩然無存，取而代之的是託辭和詭計。還有誰會為了治國王的病獻出自己的肝？為了我至愛的國王和王后，我願意獻上一百隻狼！當時我父親被授予紫羅蘭編成的花冠，那對他是無上的榮耀。他效忠於您父親，正如同我是您忠實的僕人一般。善事總是很快被遺忘。還是您也忘了那次……」

「鏡框上應該還有更多的故事，列那。」國王說，「我不知道是誰從庫瓦特那裡搶走三件寶物的。我只知道公羊貝萊背著你的朝聖袋來這裡，袋子裡裝著庫瓦特的頭。這不能證明你就是殺他的兇手。我們也無法問貝萊了，所以我宣判你無罪。」

「感謝蒼天！」列那說。「可憐的庫瓦特！他離開我家

時，我有種異常的感覺，彷彿有預感他將遭到不測。」

大多數的動物都不多細想，便對列那所說的故事信以為真。他們同情列那，而且和他一起對失去的三件寶物扼腕不已。國王和王后尤其對列那的禮物心動不已。

列那在心中暗笑。

「在這件竊盜案水落石出、庫瓦特的死仇被報之前，我是一刻也不會安寧的。」他說，「誰犯下這種令人髮指的罪行，應該被吊在最高的樹上！」

「我們會協助你的，列那。」國王說，「如果你有什麼需要，每個人都有義務幫你。」

列那以為事情就這麼圓滿解決了，然而這回他卻打錯算盤了。

伊森格倫怒不可遏地跳起來。「陛下，」他說，「我很驚訝，您如此輕易便相信這個惡棍的話。大家都知道他是以謊圓謊！他編了一個沒人見過的三件寶物的故事，把您騙得暈頭轉向。貝萊是這裡唯一能告訴大家真相的人，但他死了。庫瓦特的頭也不能說話了。這個敗類不知道吃掉多少隻野兔了，為什麼獨獨漏掉庫瓦特？他憑空捏造了三件據說是出自他父親埋在克理肯畢的寶藏中的寶物，拿這個故事來誘惑眾人。那好，請問您在克理肯畢找到了什麼嗎？沒有寶藏，沒有寶物，更甭提艾蒙利克國王最好的王冠了！」伊森格倫咆哮著。「狐狸的伎倆！」他說，「這些全部都是狐狸耍的伎倆！去問問看我太太荷欣德吧，她可以作證。有次列那騙她走入河流深處，說魚會游來掛在她的尾巴上。沒有任何魚餌比狼尾巴好用，他說。但是當時是冬天，會咬住尾巴的只有冰寒。於是荷欣德的尾巴被凍住了，她試著逃離河流，但是辦不到。於是這個惡棍便趁機撲向她，強暴了她。他不敢否認，因為那是我親眼看

到的。『列那，你在做什麼？』我大吼。他沒料到我會突然出現，於是就溜走了。我費了好大一番工夫才拉出我太太，可是她的一大截尾巴卻被扯斷了。我太太慘叫聲之悽厲，把村民都引了過來。他們拿著禾叉和棍棒對我們窮追猛打。我們經過九死一生才撿回一條性命！」

「那是你說的，伊森格倫。」列那說，「我的確教荷欣德釣過一次魚，但她在河裡待了太久，以致被凍住了。我正想幫她的時候，伊森格倫來了，然後他就想到那種骯髒事去，有人腦袋裡成天想的都是那種事。他大聲詛咒、威脅我，逼得我只好離開了。」

接著，艾絲溫特女士說：「列那，你真是個壞心眼的傢伙！你記不記得有一次你坐在一個放在深井裡的水桶。那個水桶上繫的繩子穿過一個滑輪，繩子的另一端繫著一個空水桶。我聽到你在抱怨，便問是怎麼回事，你說：『我在這下面吃魚吃到肚子脹死了！』

『我倒想吃魚。』我說。

你說：『這簡單！妳跳進空水桶就成了。』

於是我就往下降，而你往上升。你一到上面，立即跳上井口邊跑了，然後我就倒大楣了。」

「他這個人就是以耍弄別人為樂。」伊森格倫說。「還有一次，他騙我去他猴伯母家。若他打算乖乖照實講，他最好自己來講這件事，由我來講，口氣可不會太客氣。」

列那趕緊接口：「有一次我在森林裡碰到伊森格倫。」他說，「他當時很餓——伊森格倫總是很餓，你搞不懂究竟為什麼。我很同情他，於是答應他一起去打獵。但是我們什麼也沒找到，伊森格倫看起來愈來愈狰獰了。後來我們總算在荊棘叢下方發現了一個看起來解飢有望的洞穴。

『你爬進去吧，』我說，『如果連這裡面也沒東西吃就

奇怪了。』

可是伊森格倫說：『休想！你去，我在這裡等。』因為他雖然很餓卻又沒膽，所以我就進去了。我穿過一條又長又暗的走道，來到一個寬敞明亮的洞穴。老天啊！那裡躺著一隻巨大、醜陋的母猴，她有火紅的眼睛、碩大的鼻嘴和銳利的指甲。她身旁躺著三隻醜不拉嘰的小猴子，賊眼兮兮地盯著我。空氣中瀰漫著一股糞坑似的惡臭，我當場便想溜之大吉。

『伯母，』我說，『願上帝賜您美好的一天。好可愛的孩子啊！』

『列那，我親愛的姪子，歡迎。』母猴說。我尊稱她為伯母讓她心花怒放。『你聰明、有智慧，又和優秀人士來往，我希望我的孩子們能跟你多學學。』

『當然沒問題，伯母。』我說，『不過要下一次，因為我現在有急事。』

『不行不行，』她說，『你離開前要好好吃頓飯。』

然後她就將我帶往第二個洞穴。乖個隆咚，堆積如山的食物！鷓鴣、雞、鹿等不勝枚舉。我吃得腹飽肚圓，離開時她還送了我一塊鹿肉。

我走出去時，看到饑腸轆轆的伊森格倫，便把那塊鹿肉給他，拯救他於瀕死邊緣。他一口氣吃得精光，『還有東西吃嗎？』他問。

『你只需走進去跟我伯母要就行了。』我說，『你要注意別告訴她事實，因為沒幾個人能忍受事實。』我的意思是，他就講和心中所想的恰恰相反的話就對了。這應該不難吧？

他答應會把她騙得暈淘淘，說完便走進去。他走到母猴旁邊，然後滿臉驚恐地看著她的孩子。『哈利路亞！』他

說，『這麼醜的東西我這輩子還沒見過！』

『伊森格倫先生，』母猴說，『他們醜不醜，都是我的孩子。你究竟想做什麼？』

『我肚子餓。』伊森格倫說。

『真可惜，』母猴說，『這裡什麼也沒有。』

『妳說謊。』伊森格倫說完便想朝食物的方向走，可是猴子母子四人一擁而上，狠狠地修理了他一頓，我在外面都聽得到他的哀號聲。最後，他終於體無完膚、鼻青臉腫地出了洞口⋯⋯

『伊森格倫，』我說，『你怎麼了？』

『見鬼啦！』他說。

『你沒這麼說吧？』我問。

可是他說了太多不該說的話，因為他始終沒搞懂，一個小謊言可以填飽唱空城計的肚子。」

「壞胚子！」伊森格倫說，「你那時根本沒給我肉，只給了我一根啃得乾淨的腿骨！而且你還站在那裡大聲嘲笑我！如果只是這樣，我就不計較，但你還誣告我叛國，而且欺騙了我太太！我口齒沒你伶俐，不過就在此時此地當著大家的面，我要說：你是個殺人犯，也是個叛國者。我要和你進行一場公平的生死決鬥讓你認罪！」

和強壯的狼決鬥讓列那的心涼了半截，但他卻難以拒絕這項挑戰。他安慰自己說伊森格倫尚未自「脫鞋事件」復原。於是列那說：「殺人犯！叛國者！這是嚴重指控，伊森格倫先生，你真會說謊。事實會贏得勝利！」

「決鬥明天舉行。」諾伯爾國王說，「請兩位先生指定擔保人吧。」

貓提伯特和熊布倫願意為伊森格倫擔保，露肯瑠猴伯母之子畢特魯斯和獾何林貝特則是列那的擔保人。

和伊森格倫決鬥

「列那吾姪，」露肯瑙說，「你要運用智慧。準備充足最重要。你伯父曾教過我一句他從包德羅修道院長那裡聽來的咒語。假如以尚未進食的嘴，來爲戰士念這個咒語，他當天就會所向無敵。明天我會爲你念這個咒語。」

「親愛的伯母，」列那說，「我很感激妳。妳爲我仗義執言，這給了我勇氣。」

列那的親戚們整晚留下來陪他。露肯瑙將他頭尾間的毛全都剃光並塗上油。列那的身體因而變得光溜滑順，難以抓取。

露肯瑙還有更多錦囊妙計。「你要多喝水，」她說，「而且不要解小號。明天碰到情況危急時，你就尿溼尾巴，然後設法把尾巴打在狼的眼睛上。若你稍微用點心，他的眼睛便會看不見。此外，你的腿要夾緊尾巴，因爲尾巴就是他的首要攻擊目標。」

「我會記住的，親愛的伯母。」列那緊張地說。

「跟他耗，」露肯瑙說，「讓他追在你後面團團轉。朝他的眼睛丟沙，然後你便逆著風跑。」

破曉時，露肯瑙嚴肅地站在列那面前說：「我現在要按照規矩，以尚未進食的嘴對你念咒語。」她將手放在列那頭上，開始念念有詞：「Blaerde scaeye sal penis carsbij gor sous abe firnis!」

「謝謝妳，伯母！」

「現在，你不會有事了。」露肯瑙說：「試著再睡一會兒吧。」

於是列那躺在樹下的草地上，直睡到日上三竿。等到時候差不多了，水獺帶了一隻小鴨來叫醒他。「表哥，這是我今天早上爲你捉的。」

「願上帝庇護你。」列那說，津津有味地吃掉鴨子，並喝了幾大口井水，然後和所有支持他的人一起走往決鬥的地點。

諾伯爾國王看著無毛的列那，驚訝的說：「這副模樣也會出現在那面鏡子裡吧。」

但是列那沒說話，他朝國王和王后鞠躬，然後走進決鬥場。伊森格倫已經等在那裡了。他立刻叫囂起來並嘲笑列那光溜溜的身體，但是列那保持沉默。

豹和公牛是裁判，他們取來聖骨。伊森格倫起誓說列那是叛徒和殺人兇手並揚言要給他一個教訓。列那則起誓說伊森格倫是邪惡的騙徒並要他以性命償罪。

「事情既定，不容反悔。」裁判正色說完後隨即走出決鬥場。只剩下露肯瑙還留在列那身邊。

「給他好看！」她說，「狐狸家族的名譽就全看這場決鬥了。」

露肯瑙也離開了，決鬥場裡只剩下兩名決鬥者。

伊森格倫馬上出手，他顯然想要速戰速決。他直直撲向列那，但是列那輕易就躲開了，比起笨重的狼，他顯得迅速敏捷。伊森格倫追著列那跑，他跳起的步伐大多了，很容易便追上了列那。正當他舉起腳準備給列那一擊時，列那及時用溼漉漉的尾巴打中伊森格倫的臉。

伊森格倫驚痛得尖聲大叫。狐狸尿液像醋酸液般咬囓著他的眼睛，令他以為自己瞎了。他停下來揉眼睛，列那立即朝他的眼睛丟了大量的沙，這對伊森格倫無異是雪上加霜，他什麼也看不見了！

列那絲毫不遲疑，立即跑向他，朝著他的大腿就狠狠地咬了一口，接著再咬一口！又咬一口！

「有什麼問題嗎，狼先生？」列那問，「你是被黃蜂螫

還是馬蠅叮了嗎？還沒完呢，後面還有哩！這都是你自找
的。我要替所有被你吃掉的無辜動物報仇！就連上帝也看
不下去。我應該赦免你嗎？你可以就在這裡懺悔，就當著
眾人的面。還是你要求我大發慈悲？我可以的，因為我不
像你那麼壞！」

　　伊森格倫不曉得是列那的尖酸嘲諷還是受傷的雙眼讓他
比較難受，大腿的傷口也益發疼痛，血汩汩地流出。決鬥
之初，他本來顯得意氣風發，現在他的鬥志則轉成一把熊
熊怒火。他往列那的頭上重重地一擊，打得列那四腳朝
天。伊森格倫想捉住他，但列那再度躍起並立刻反擊。

　　一場漫長激烈的打鬥正如火如荼地進行，觀眾們無不屏
氣凝神地注視著。伊森格倫悶頭打鬥，列那則像玩跳繩般
輕快地跳躍。伊森格倫多次試圖勒死動作迅速的列那，但
列那總像泥鰍般溜掉。列那顯得靈活矯健，瞻之在前、忽
焉在後，而且他用溼尾巴不斷地狠打伊森格倫的臉。每當
伊森格倫停下來揉他灼熱的眼睛時，列那就狂撒沙子。

　　伊森格倫很清楚時間拉長對列那較為有利。他急著盡快
結束這場對決，因而頻頻失誤。此外，伊森格倫的前腳尚
未痊癒，奔跑時會劇痛。若非他舊傷未癒，列那的情況可
就非常不樂觀了。

　　他們彼此咬打無數回。伊森格倫雖然較為高壯，但他覺
得體內的力氣正逐漸被消耗掉。他頭一回驚覺到自己可能
會輸掉。就在此時，長久以來的新仇舊恨一湧而上，他內
心頓時生出一股瘋狂的力量，當場給了列那一記兇狠的鐵
拳，在列那還沒來得及反應前，他已坐在列那身上。伊森
格倫身上傷痕累累，但他依然露出銳利的牙齒冷笑著。

　　列那死命地反擊。伊森格倫的身形壯碩，一咬便足以致
命。忽然間，列那冷不防地伸出利爪，直入伊森格倫的眼

晴，挖下了他一顆眼珠子。伊森格倫痛得呼天搶地，哭爹喊娘。列那藉機掙脫，但失去一隻眼睛的伊森格倫立即又抓住他，嘴裡緊咬著列那的一隻前腳。

「投降吧！」伊森格倫說。

「唉，叔叔，」列那低聲討好地說，「這場決鬥根本是胡鬧，不是嗎？我們停止吧！我會代替你前去聖地，為你求得『全大赦』＊。我會永遠做你忠實的下屬。在你有生之年，我會天天抓雞和鷓鴣給你。」

撕咬比思考靈光的伊森格倫驚訝萬分地停下，以聆聽這段逢迎拍馬之辭。

「我們做了一件愚蠢無比的事，」列那說，「別人在旁煽風點火讓我們廝殺。你自己說說看，你的力氣加上我的聰明，還有誰比我們強？假如我們聯手的話絕對天下無敵，而且我當然聽命於你！」

「但我的眼睛！」伊森格倫說，「我宰了你！」

「叔叔，你的眼睛完全是個意外！很抱歉一時失手，我真的不是故意的。再說我死了對你來說有差嗎？完全沒有嘛！咬斷一隻可憐無力的狐狸沒什麼值得驕傲的。」

「藉口！藉口！全是藉口！」伊森格倫說，「你承諾給我很多金子和國王的王冠，現在呢？也許我的腦袋不夠靈光，但我的記憶力還好得很。你指控我叛國，又羞辱了我太太！我的力氣加上你的聰明，完美的組合？說得還真是好聽！我看你是指我的蠻力加上你的狡猾吧！」

在這個當下，列那認為機不可失，便往伊森格倫胯下猛

＊編註：根據天主教教義，教友誠心懺悔並依教會要求進行行善禱告等行為後，可獲得教會赦免其罪。其中「大赦」分為「全大赦」和「有限大赦」，僅在特定教會可得「全大赦」，且一日只能得一次，獲得全大赦者所有行為皆獲得赦免。

力出手使勁抓捏，伊森格倫又驚又痛只得鬆開列那，兩人均跟蹌了一下。伊森格倫的兩隻前腳夾在一雙後腿間，亂跳亂叫，鮮血從那少了眼珠的眼框裡狂噴而出，最後他終於不支倒地。

列那以勝利者之姿拖著不省人事的伊森格倫在決鬥場繞行一圈，然後又狠揍他一頓，打得伊森格倫的親友都不忍卒睹。他們走向國王，懇求他下令停止這場決鬥。

「決鬥到此為止。」諾伯爾國王說。

於是公牛和豹兩位裁判跑進了決鬥場。「列那，」他們說，「國王要決鬥就此停止，殺了伊森格倫也不會讓你的勝利更添光彩。」

「國王的意願對我即是命令。」列那說。

接著，列那的親戚和老友們紛紛向他道賀，許多其他原本對他恨之入骨的動物突然間也對他熱絡了起來。這個世界就是如此。

他們將列那圍在中間，一起走向諾伯爾國王。列那朝國王跪下。「起來吧，列那！」國王說，「你證明了你的清白，所以你自由了。其他事就交給我和我的大臣們。一直到伊森格倫復原之前，人人都要尊重和平。」

「理當如此！」列那說，「不過或許您能容許我再說幾句話。」

「當然！」國王說。

「在我抵達此地時，遇見了一些我不曾冒犯過、他們卻不支持我的人。他們全和伊森格倫一鼻孔出氣，因為他比較得您的寵信，這些人並不了解情勢可能在一夕間便徹底改觀。成了朝臣的叛賊卻受到眾人的尊敬，濫用權勢、作威作福、任意竊盜殺人，全民深受其苦。我和我家族的地位跌至前所未有的低點。我從未去奉承諂媚任何人以求改

善情況。列那不怕任何人，不論別人說什麼、做什麼，列那依舊是列那。您，陛下，一直是我心目中的人上人！您有偉大的智慧，您的力量無遠弗屆。我對您的忠貞永不動搖，此生不渝。」

「列那，」國王說，「從今以後，你就擔任我的特別大臣。我們不能沒有你的聰明才智，將它好好運用，人人均能從中受益。我樂於有你效忠並任命你為國王執行官，做為我的全國發言人。」

「這是我無上的光榮，陛下。」列那說，「我將以赤誠之心，恭敬地接受這項任務！」

之後，眾人紛紛散去，啟程回家。列那也向國王和王后道別，國王和王后請列那盡快再度來訪。

「我會的，」列那說，「但是我已經離家太久了，我現在要回到妻兒身邊。」

於是列那出發前往馬佩土斯，他身上少了毛，鬼主意卻沒少。太陽升起，這個春天呈現出前所未見的綠意。辛克森很快地也將變得綠意盎然。

後記 —— 亨利・凡・達勒（Henri van Daele）

所謂「動物故事」很可能和最初的說故事者一般久遠古老，許多古老民族在童話中寫入動物，並賦予牠們人的特性。之後，在文明發展後的社會中，產生了真正的寓言和道德故事。其中，動物是主角，而人則經常是受害者或笨蛋，也就是說，人從動物那邊學得教訓。

十一世紀時，在法蘭德斯＊及法國北部，突然出現一系列諷刺社會和政治狀況的動物故事。這些故事不再含有道德訓示，而是毫不留情地諷刺國王、貴族和教會。這也是作者們對於一些社會不公現象唯一可做的無力怒吼。

最初在這些故事中，狼是主角，然而不消多時，狡猾的狐狸便取而代之。

最早狼和狐狸的故事是以拉丁文寫成，到了十二世紀中葉則出現了第一批法文的版本。

當中最著名的，即是《列那狐小說》（Roman de Renart），它並不是真正的小說，而是一些結構和關連性鬆散的故事合輯。其中一篇故事叫做〈控訴〉，第一隻法蘭德斯列那狐便是以此為基礎而產生的。

梅鐸克的威廉 │ 關於《列那狐》（寫於 1260 年左右）的作者，我們所知甚少，他自稱叫做「創造梅鐸克的威廉」（Willem, die Madoc Maakte）。無姓氏，只名威廉。而且，從未有人看過《梅鐸克》這本書，或許威廉有點誇大，又或者那部作品已經佚失。

關於這位神祕的威廉有許多研究。一些學者認爲他是西法蘭德斯人氏，但因爲他筆下故事明顯發生在瓦斯蘭地區（Waasland），他因而被認定出身赫斯特（Hulst）和迪斯特卑根（Destelbergen）之間的地區，不過這項臆測也並未得到證實。

百年之後 │《列那狐史》出現於西元 1375 年左右，作者不詳，此故事係以威廉的作品爲依據，不過內容擴增約兩倍。此君的文筆遠不如威廉洗練，而且顯然較缺乏自信。

此外，威廉作品續集這種說法，是有爭議的。

在威廉的故事中，狐狸列那因其種種惡行必須在諾伯爾國王面前接受審判。列那巧妙地讓自己脫罪並承諾去羅馬朝聖。然而他卻在家裡殺了野兔庫瓦特，將庫瓦特的頭寄到朝廷去，同時決定不再現身。諾伯爾國王勃然大怒，熊布倫和狼伊森格倫（列那的話讓兩人心生芥蒂）重獲名譽。列那被判終身放逐。故事結束。

以一個精彩生動的故事而言，這個結局有點怪異，身爲讀者，你會覺得它不夠吸引人。

於是在一百年之後，有人提筆改寫此故事。列那並沒有消失，而是再度受審，還對貪心的國王大灌迷湯，最後列那被任命爲國王的左右手。

《列那狐史》的無名作者在該書中設定了多組明顯平行的主軸：科珮之死（主軸 I）和塞佩內柏之死（主軸 II）；庫瓦特事件（主軸 I）和拉貝爾事件（主軸 II）；第一次（主軸 I）和第二次（主軸 II）對獾何林貝特懺悔；關於克里肯畢寶藏的謊言（主軸 I）和關於三件珠寶的謊言（主軸 II）。

在威廉的故事中，列那狐遭到終身放逐，百年之後，他卻以花言巧語成爲諾伯爾國王的寵臣。

威廉善於運用諷刺筆法，他的後繼者則只會挖苦（而且經常令人覺得無趣）。

享譽國際 | 在很短的時間之內，列那狐便成為一個廣受歡迎的文學角色。從法國、法蘭德斯、德國、英國、到義大利，它開始引發一陣國際旋風。

列那狐故事曾多次被翻譯及改編，且並非出於無名小卒之手。德國大文豪歌德曾據《列那狐史》（等於也是依據威廉的故事）寫下《列那狐》（Reineke Fuchs）。我們這次則參考了威廉斯、史托佛斯和雍克海爾*等人所改寫的版本。

----

* 編註：此三人皆為法蘭德斯文學家。威廉斯（Jan Frans Willems, 1793-1846）為詩人、劇作家、隨筆作家和筆戰者，也是當時最重要的荷蘭語言學家，著有列那狐相關論文和改編故事。史托佛斯（Stijn Streuvels, 1871-1969）為荷蘭文學獎得主，著有五本列那狐相關著作。雍克海爾（Karel Jonckheere, 1906-1993）旅遊全世界各地的見聞，皆為其詩文創作的靈感，著有《列那狐》（Van den vos Reynaerde, 1979）。

審判故事 | 列那狐小說和一場審判有關。其中，列那必須受審。現在的司法系統是提告者要證據在握，當時則恰恰相反。被告者要發誓、找來對自己有利的證人或進行一場決鬥來證明自己的清白。

稻草和神父 | 現代讀者可能會對故事中的某些奇怪的細節感到訝異。國王遞交給列那狐一根稻草是一項古老習俗，象徵性的遞交神聖之物能將罪惡赦免。此外對神父有太太也無需驚訝，這在列那狐的時代是被允許的。

關於各版本編寫｜兩篇中世紀的列那狐故事均押韻，威廉寫來得心應手，也樂在其中，而他的後繼者在這方面則顯得較爲吃力。

本書是以散文體裁寫成。

在（沒被任何在場者打斷的）朝廷長辯辭故事中，我嘗試將它們寫成單一對話。威廉的故事停止之處，我從第二位作者那裡找到連接線索。所以列那最後是留下來，而不是逃走（向威廉致歉！）。第二部作品中那些無趣、說教的離題部份則被我刪除。

此外，手持中世紀文獻（尤其是威廉的作品）高聲朗頌感覺很神聖，而且其實讀起來並不似表面上看來的那麼困難！

從《列那狐》談
西方中古時期審判制度

導讀｜涂永清 （成大歷史系教授）

　　「列那狐」（Reynard the Fox）是中古時期日耳曼地區以動物為主人翁的民間故事，目前流傳的列那狐故事主要根據法國現存的《列那狐小說》演化而來。西元十、十一世紀左右的法蘭德斯和日耳曼地區，就已經流傳一組紀以狐狸為中心的拉丁文故事詩，後來法國人以「八音節」詩句形式，重述部分故事。這部作品經過不斷修改增補，形成長達十餘萬行，由二十七組寓言故事綴成的諷刺童話詩。

　　《列那狐》故事經多次修改增補，故事很完整，人物性格十分鮮明。故事是說：列那狐誕生於亞當和夏娃被上帝逐出伊甸園之時。上帝把人類祖先逐出伊甸園後，基於憐憫而給亞當一根「神棍」，只要拿它去打擊海面，就可以得到需要的動物，果然亞當得到不少有益的動物；但上帝告誡亞當不能將神棍交給夏娃，因為她會帶來災禍。可是夏娃卻偷偷地使用神棍，結果變出了許多毒蛇猛獸，而狡狐列那和狼伊森格倫就是其中二隻有害的動物。

　　整個寓言故事的主要焦點，集中於列那狐和狼伊森格倫的鬥爭，而全書的精彩章節包括〈列那狐偷魚〉、〈列那狐教伊森格倫捉魚〉、〈列那狐的審判〉……等十來篇故事，其中以〈列那狐的審判〉最著名，本書即以〈列那狐的審判〉為藍本所改編而成，整篇故事除襯托出列那狐臨危不亂的鎮定工夫以及善於抓住對手的心理外；對於社會的黑暗面及人性的貪婪、昏庸、好聽謊諛之言、殘暴自

私，都刻畫得入木三分，因此許多人認為這部動物寓言具有高度的鑑賞價值。

辛克森法庭戲展示中古西方審判制

列那狐故事中敘述動物王國公審列那狐的情形，原告與被告兩造之間的辯護過程，亦是十分精彩，案情的發展亦緊扣著中古西方封建法進行。西歐十二世紀時，羅馬法雖已逐漸復興，教會法亦已存在，但各地的法律仍以日耳曼人的「習慣法」為基礎，換言之，當時並無「立法」的觀念，也就是說法律不是以立法條文為基礎，封建法是依部落或采邑的古老習慣而成的。封建法庭審理分成：「同僚審判」（trial by one's peer）、「神聖發誓」（solemn oath）或作「助誓」（compurgation）、「神斷法」（ordeal）還有「司法決鬥」（judicial combat）等。

所謂「同僚審判」，通常是某一封建附庸被控違反封建法時，要求「同僚」組成法庭審理相關的案件，避免領主單獨處理導致其權益受損，有人認為這就是西方「陪審制」的濫觴。「神斷法」或「神意裁判」，基本上是為救濟神聖發誓（助誓）的不足而採取的辦法，即被告提出的證據薄弱，難以取信於法庭，他個人的神聖發誓，或證人的保證，均無法證明他的清白時，上帝的判斷就成了最後一道關卡。按規定被告要受冷水、沸水或烙鐵的試煉，以決定其是否有罪。而《列那狐》一書裡對列那狐公審所採用的審判法，主要為「神聖發誓」和「司法決鬥」。

建立在不平等基礎上的法庭公平

「神聖發誓」是根據《薩利克法》（Salic Law）、《盎格魯撒克遜法》（Anglo-Saxon Dooms）或其他日耳曼人的類似法

律而來：要是甲（原告）擬告乙（被告），法庭會先傳訊被告，被告若未依規定到庭，法庭則授權原告採取任何方法強制於被告；惟被告準時到庭，並提出適當抗辯，則原告要按封建法規定正式提告，被告亦以同樣方式抗辯。在兩造攻防答辯過程中，被告必須提證證明自己清白，或採免罰宣誓以證明清白，或請人擔保其誓言，即所謂的「神聖發誓」或「助誓」。過程非常繁複，原告必須完全記住所有的誓言和證言，反之，被告亦然，但如果兩造中有某方的本人與保證人在口頭證詞中稍有差錯或漏洞，這場官司他就敗了。

這種審理方式表面看是公平的，但實際上有差別性，因為當時在法律面前並非人人平等，全然取決於社會地位的高低，因此就有「發誓價值」（swearing worth）的差別，當時一個貴族的發誓就可抵六個普通人；名聲狼藉的人在法庭上還不能作免罰宣誓證明自己的清白。此外，如貴族殺死一個自由人，有七個人助誓便可脫罪；一個自由人殺死另一個自由人，則需十一個人幫其助誓。由此可知，貴族與平民的身價是不同的。《列那狐》故事中再次公審列那時，母猴露肯瑙對列那的仗義執言，以及其他親友加入站在同一陣線，即屬「神聖發誓」或「助誓」的絕佳例子。

狼辯不過狐，遂提決鬥險招

決鬥其實也是一種神斷法，這種以決鬥定輸贏的神斷法盛行於法蘭克（今法國北部、德國大部份和局部義大利），而《列那狐》的舞台，就是法蘭克的一部分，因此故事結尾時安排了狐與狼的決鬥。決鬥由狼提出，因他在法庭上說不過能言善道的列那，為扳回劣勢遂提出了這招險棋。只是他未料到列那會採取封建騎士所不屑用的謀略戰，加以

他的前爪已被列那做了朝聖鞋，身體有傷行動不俐落，以致未能在體型與力道上占上風，反遭慘敗。而列那不但獲得清白與自由，更得到加官進爵的機會，成為獅王諾伯爾的執行官兼發言人。

決鬥可說是中古封建社會審判法中的下下策，一般而言領主在附庸間發生糾紛時，會進行疏通、調解，希望兩造能和解。若調解不成，雙方即在領主許可與監督下，擇日以武力解決彼此的爭端，雙方決鬥時，主持人和旁觀者都要保持超然，不得偏袒任何一方，也不可加以干預，惟當某一方損失過於慘重，影響其義務之履行時，主持人（領主）就會出面干涉，這也就是《列那狐》故事中，當決鬥分出勝負時，狼伊森格倫的親友懇求獅王諾伯爾下令停止決鬥，而獅王也及時宣布停止決鬥的原因。列那在接到停止決鬥的命令時亦表明：「國王的意願對我即是命令。」

列那狐故事中文版的歷史意義

《列那狐》一書譯文流暢，插畫十分可愛有趣，而故事情節的開展是從森林王國對列那狐控訴與公審起，讀者透過雙方攻防辯證過程中，可了解列那狐如何作弄其他的動物，也看到列那狐奸詐詭譎，自私自利的性格。但列那腦筋機靈能用智，因此二次面臨吊刑時，利用人性貪婪，好聽阿諛的弱點，以虛構的寶藏逃過死劫；更妙的是，知道寶藏者竟然均為已逝者，大家在死無對證狀況下仍被列那的故事所眩惑。列那利用死人虛構黃金寶藏的情形，讓人想起《伊索寓言》中，曾有一段描繪好說謊而不臉紅的狀況：「你盡量說謊吧！沒有一個人會從墳墓裡跑出來揭穿你的謊言的。」

《列那狐》故事經過長期演變改寫，但迄今仍廣受人們

普遍喜愛，法國人仍以「列那」（renard）稱呼狐狸，取代原來通用的「goupil」（狐狸）一字；十三世紀時，法蘭德斯作家以法文版《列那狐》故事，譯成了荷蘭文及日耳曼文之散文著作；英國作家喬叟（Geoffrey Chaucer, 1340-1400）的《坎特伯利故事集》（Tales of Canterbury）一書中〈女修道院教士的故事〉（The Nun's Priest's Tale）一文，乃仿《列那狐故事》而成（按此故事敘述公雞、母雞與狐狸間，彼此鬥智、欺騙的故事）；英國出版商威廉·卡克斯頓（Wolliam Caxton, 1422-1491）發行廉價的《列那狐》普及版出售；甚至德國大文豪歌德（Goethe, 1749-1832）也曾寫過《列那狐》（Reineke Fuchs）。由此可知《列那狐》的故事受人歡迎的程度及流傳之廣。

譯者杜子倩小姐今直接從荷蘭文譯出的《列那狐》，是部老少咸宜的動物史詩作品，相當值得一讀。而更有意義的是，本書幫助台灣與低地國文學（荷蘭、比利時、盧森堡）做了接軌的工作。

參考資料

《借古喻今——中世紀的諷刺詩文、訓示及告誡》
（Neemt hier exempel an, Satire, lering en vermaan uit de
middeleeuwen.）
凡・德・海登博士（Dr. M.C.A. van der Heijden）編纂、說明及導讀，
Het Spectrum, Utrecht-Antwerpen 出版， 1968 年。

《新文學史：從遠古時期至 1600 年》
（Nieuwe literatuurgeschiedenis. Van de Oudheid tot 1600），
J.M. Meulenhoff, Amsterdam 出版， 1994 年。

《列那狐》（Reinaert de Vos），
史坦・史托佛斯（Stijn Streuvels）著，
古斯塔夫・凡・德・烏斯坦內（Gustaaf Van de Woestijne）繪，
L.J. Veen, Amsterdam 出版， 1921 年。

《關於列那狐——續列那狐史》
（Over de vos Reinaert gevolgd door Reinaerts geschiedenis），
（創造梅鐸克的）威廉（Willem, die Madoc maakte）著，
阿爾楊・凡・寧威亨（Arjaan van Nimwegen）翻譯及導讀，
Het Spectrum, Utrecht 出版， 1993 年。

Fluffy FZ0109

列納狐
Reinaart de Vos: de felle met de rode baard

故事改寫—亨利·凡·達勒 Henri van Daele
繪　　者—克拉斯·菲爾浦朗克 Klaas Verplancke
譯　　者—杜子倩
主　　編—林怡君
責任編輯—何曼瑄
書籍設計—山今工作室
執行企劃—鄭偉銘
董　事　長
發　行　人——孫思照
總　經　理—莫昭平
總　編　輯—林馨琴
出　版　者—時報文化出版企業股份有限公司
　　　　　　10803台北市和平西路3段240號3樓
　　　　　　發行專線—02-23066842
　　　　　　讀者服務專線—0800-231705, 02-23047103
　　　　　　讀者服務傳真—02-23046858
　　　　　　郵撥—19344724時報文化出版公司
　　　　　　信箱—台北郵政79-99信箱
時報悅讀網—www.readingtimes.com.tw
電子郵件信箱—comics@readingtimes.com.tw
漫畫線粉絲團—www.facebook.com/ctgraphics
漫畫線flickr—www.flickr.com/photos/graphic_novelty

法律顧問—理律法律事務所陳長文律師、李念祖律師
製　　版—瑞豐實業股份有限公司
印　　刷—詠豐印刷有限公司
初版一刷—2010年8月23日
定　　價—新台幣350元

Reinaart de Vos © Henri van Daele & Klaas Verplancke (illustrations)
First published in 2006 in Manteau, an imprint of Standaard Uitgeverij
Complex Chinese translation © 2010 China Times Publishing Company.
All rights reserved.

國家圖書館出版品預行編目資料

....

列納狐傳奇 Henri van Daele；杜子倩譯 –初版.–臺北市：時報文化 2010.8
112面；15 x 23 公分. – (Fluffy 09) 譯自 Reinaart de Vos: de felle met de rode baard.
ISBN 978-957-13-5227-5（精裝）881.759
　　　　　　　　　　　　　　　　　　　99010770

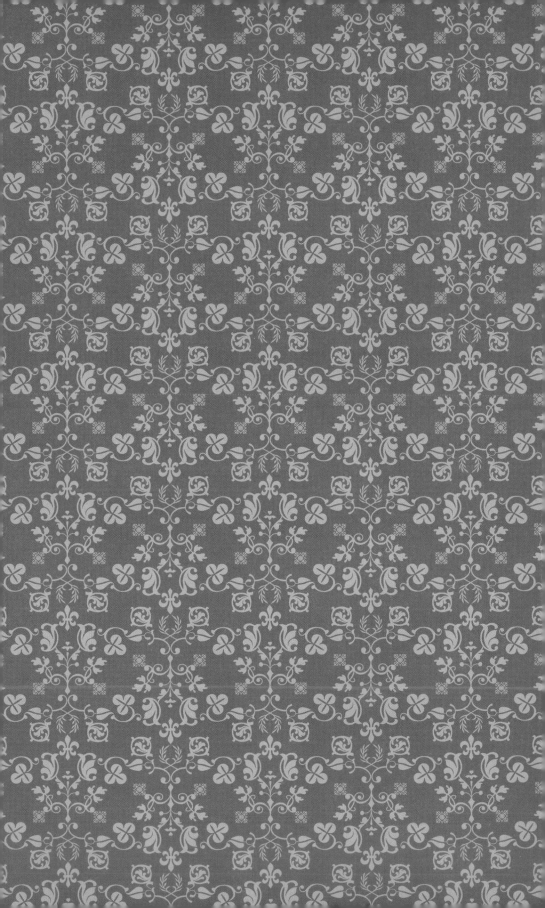